2022, 마스크를 벗게 된 어느 날

파랑과 초록을 위하여

장재인 시선집

타이틀이 필요할까

상상출판

이야기에 앞서

이미지를 좋은 쪽으로 이끌고

표현하는 건 내 직업이 해야 할 일이자,

해내야 할 일이다.

그런 의도가 없었더라도

자연스레 글에 담기기도 하는 직업의 특성,

버릇과도 같다.

나는 그런 점을 드러내기 위해 노력했다.

제대로 마주하기.

이 책은 무엇이 옳다 그르다,

혹은 너무 떠들썩하거나 우울한 글도 아닌

나의 스물과 서른의 시선이다.

내가 나를 바라보는 시선, 고작 그게 다.

내가 보는 시선이 당신의 이야기와 닮은 점이 있다면,

당신을 슬쩍 웃게 할 즐거움이 있다면

우린 같은 시간을 공유하며 마주해 수다를 떤 거다.

그리고 나는 그 수다에 참여하고 싶다.

차 례

[3집]

[4 집]

나 자신의 '심미적 관점'을

나침반으로 두는 것은

선택을 아주 명징하게 만든다

에세이

책을 쓰기로 하고 나는
몇 가지 에세이 서적을 읽어볼까 주문했다.
그러다 책은 우선 접어놓았다.
읽더라도 글을 다 쓰고 읽어보려고.

여러 해가 나에게 반복해서 알려준 건
이미 필요한 것은 내 안에 다 있다는 것이다.

팬데믹

기록 1

코로나 후유증이 오래가고 있다. 머리가 많이 빠지고 후각은 아직 돌아오지 않았다. 그나마 미각이 80% 정도. 몽롱하고 몸에 힘이 자주 빠져 늘어진다. 몽롱 타임이 오면 잠자는 것 외엔 할 수 있는 게 없다. 얼마간 내 패턴을 체크해 보니 하루에 5~6시간 정도 정신이 또렷하다. 움직여 밖에 나가거나 사람을 만날 기운까지는 안 든다. 이렇게 앉아서 열심히 타이핑할 수 있는 정도. 요 황금 타임을 위해 나는 정신이 드는 순간 최대한 빠르게, 그러나 너무 힘과 체력을 쓰지 않는 선에서 빠르게 집안일을 한다. 그리고 앉으면 타이핑의 시작이다. 이 시간은 황금처럼 귀하니 황금 타임. 곧 다음 타자 몽롱 타임이 시작된다. 빨리 자야 빨리 내일의 황금이가 올 테지. 할 수 있는 건 토독토독 타이핑 타이핑. 그 시간을 애타고 반갑게 만들어준 고립.

이건 그야말로 고립이다.

선택적 고립이자 불가결 수동적 고립.

'고립', '혼자 있기' 뭐 이런 것도 좋아한다.

고립에도 할 일은 많단 말이지.

그 할 일을 할 수 있는 시간이 다섯 시간인 건 빼고.

(그 전후론 후유증의 몽롱함에 힘이 없다.)

현재 시각 오후 1시. 네 시간 남았다.

자, 가득 채워 움직여 볼까나.

새 해

새해다.

뭐야 이거. 오늘이 12월 29일이라고? 뭐? 오늘은 1월 1일
이라고?

나의 이번 연말은 이렇게 흘렀다.

나는 한 해를 보내고 연말을 맞이할 때 그 해를 후회하거
나 안타까워한 적이 한 번도 없었다. 한가하게 보냈건 한강
에서 자전거만 탔건, 나름 무엇이든 배우고 뭐든 새롭게 느
끼게 됐다고 생각했으니까.

이번엔 예외다.

현재 2022년 1월 1일.

…어떻게 한 해를 통째로 날려버릴 수가 있어?

이런 불평은 빙빙 돌아가는 내가 웬일이라, 지금 꽤 열받았다.

바야흐로 작년(2021년)은 침범의 침범 끝에 가장 많은 영토를 차지한 코로나 제국의 전성기였다. 어릴 적 뉴스에서 사스다, 노로바이러스다 난리가 나고 주변에서 모두 코트 깃을 삐죽 세워 경각심을 가질 때도 나는 혼자 별생각이 없었다. 터덜터덜 터벅터벅.

'음 뭐, 그냥 조심하라는 대로 조심하고 그러고 나면 지나가겠지.'

그렇다. 이런 팬데믹은 나와는 하등 상관없는 일, 먼 나라 이웃 나라의 일이라 여겼다. 세상이 떠들썩한 코로나와의 전쟁이 시작돼도 마찬가지였다. 언제 침공당할 줄 모른다는 대대적인 속보가 사방에서 들려오는데도 스스로 꽤나 태평했다. 물론 내가 그 침공 때문에 피해 입을 거란 생각은 전혀 없이. ('방역 수칙을 잘 지킨다'는 당연한 전제로 한다. 나 때문에 누군가 병에 걸린다는 건 끔찍한 일이다.)

코로나는 예상보다도 훨씬 길어졌다. 오래전 유럽을 휩쓸고 간 페스트°의 시절이 여기저기 오르내리고 카뮈의 《페스트》가 베스트셀러가 됐으니까. 봄의 끝자락엔 끝나겠지. 아니 여름은 더우니까 진짜 끝나겠지. 에이 이제 추워지면 다들 집에 있으니 진짜 사라지겠지. 이 모두의 예상을 깨고 시간은 점점점. 점점점. 점점 더.

마치 지도의 미세 먼지 표시점이 파란색에서 빨간색으로 점점 색을 채워가다 결국, 전부 빨간 점으로 가득 채워지는 거. 나에겐 딱 이런 이미지로 세상이 코로나로 가득 차버렸다.

나에게도 현실적인 삶의 힘듦이 찾아왔다. 주된 수입원이었던 일들은 모두 멈췄고, 한 번씩 짧게나마 여행을 다녀와 리프레시된 상큼 담백한 마음가짐으로 머리카락을 가볍게 흩날리며 집에 돌아오던 길목. 그 길목도 불가능해졌다. 모임에 인원 제한이 걸리니 덩실덩실 춤추며 임하는 그 좋아하는 밴드 합주도 할 수 없었다.

○ 페스트: 흑사병. 14세기 중반 유럽에 대유행한 전염병. 당시 유럽의 인구가 5분의 1로 줄었다. 현재는 조기 예방이 가능하며 예후도 좋아졌다.

그해에 나는 이십 대를 지나 서른의 새로운 정거장으로 향하고 있었다. 이십 대에 매달렸던 음악 장르나 표현에서 벗어나, 빈 페이지로 완전히 비우고 새로운 걸 하고 싶었다. 스무 살에 십 대의 바람을 해냈고 이십 대의 바람을 서른의 앨범으로 이뤘듯이, 나는 삼십 대에도 이다음을 이뤄나갈 준비를 하고 있었다.

누구에게도 털어놓지 않을 내 마흔 살까지의 목표 가닥 중 한 부분인 '전시'. 이것을 할 수 있는 기회가 생겨 2021년에 전시를 계획했다. 서른 중반쯤을 시기로 예상하고 있었는데 미리 겪어볼 수 있게 된 거다. 여름엔 상황이 더 좋아질 거란 실체인지 희망인지 모를 뉴스와 댓글들, 철저한 방역과 게스트 제한이 있으면 큰 무리 없이 전시를 진행할 수 있다는 얘기에 (그럼에도 누군가를 초대하기도 차마 염려되어 유튜브로 전시 라이브 송신도 준비했다) 준비를 시작했고 위험 요소를 최소화하기 위해 전시 갤러리, 그리고 우린 정말 열심히 노력했다.

그러나 어쩌나. 전시 이튿날 코로나 확진자가 다녀가며 2주 이상 전시가 중단됐다(이럴 수가, 어째서 갤러리가 확진

자의 동선이 충분히 될 수 있다는 걸 그 시국에도 먼 나라 이웃 나라 했던 것인가). 3주밖에 안 되는 전시 기간의 3분의 2 이상을 날렸다. 3분의 2가 뭐야. 결국 전시 기간 21일 중 제대로 된 전시는 3~4일 정도밖에 하지 못했다. 격리, 나는 혼자 있는 것에 크게 스트레스를 받지 않는다. 오히려 잘 즐기기도 하고. 격리보다 자가 격리 동안 21일간의 여정-전시에 에너지를 쏟을 수 없게 된 게 정말. 정말 아쉬웠다.

첫 전시였는데. 첫 시도였는데. 에휴.

그리고 그런 나에겐 클라이맥스로 코로나 증상마저 더해지면서 팬데믹이 단순히 먼일이 아니라는 것을 제대로 통감, 체감했다. 확진자 동선으로 여름을 날리고, 곧바로 나를 점령한 코로나. 이후에도 이어진 코로나 후유증으로 가을 겨울까지, 그렇게 한 해의 하반기 전부를 날렸다. 말 그대로 '아무것도 하지 않고' 한 해를 보냈다. 그러니까 자전거를 타면서 생각을 정리한다던가 집 앞을 걸으며 지난 일들에 대해 새롭게 느낀다던가, 이런 것도 전혀 없이 침대에서만 보냈다.

코로나로 인한 타격은 생각보다도 훨씬 거대하고 강력해

서, 무엇보다 너무나 길게 이어졌기에 먼 사람들도 그리고 가까운 주변 사람들까지도 많이 힘들어했다. 이렇게 천지가 힘듦이건만 꿈의 시작점에서만 가질 수 있는 의기양양한 에너지에 몰아치던 나는, 꿈에 내딛지 못한 못다 한 걸음만이 그리 아쉬웠다.

요 이기적인 것.

아니, 나 진짜 하고 싶은, 해야 할 공부가 많았단 말이야.

내후년을 위해 꼭 올해 끝내야 할 게 있었단 말이야.

한 해 더 많이 배우고 더 새롭게 비워서, 더 좋은 걸 얘기하고 더 제대로 사랑해주는 사람이 되고 싶었는데.

한 달은 길고, 6개월은 더, 해낼 수 있는 게 많단 거 알잖아.

그냥 다. 다 날아가서.

이건 뭐 흔적도 감상도 안 남기고 내 손엔 잡아보지도 못하고선.

날아가는 풍선이라 좀 텁텁해서. 좀 텁텁하게 아쉬워서.

길게 아니고 많이도 아니고 쫌만 투덜거리게 해줘.

대체 내 시간 어디로 사라진 거야.

자, 새해다.

태만하게도— 새해야.

이렇게 한 해를 보내본 건 처음이다.

이렇게 한 해를 보내고 푸념해 보기도 처음이야.

그래, 하나 깨우친 거. 너도 천재지변은 피해갈 수 없어.

이 안일한 녀석.

자, 새해라. 새해다. 호랑이 신년이라 엿 하나는 더 온다.

[삐빅. 돈을 아껴 쓰는 살림 솜씨가 1 향상했습니다.]

-2022. 의도치 않게 괜찮은 능력을 획득한 신년 첫 주저리.

제대로 된
생각하기

'생각 없이 있어라'가 적용되는 부류가 있고 그렇지 않은 부류가 있다. 나는 그걸, 뭐 있나? 그냥 생각 많은 사람이라고 부른다. 거기엔 나도 포함되어 있다. 어릴 적부터 생각이 많았겠지만 내가 생각이 많다고 인지한 건 스무 살부터다. 그때부터 생각의 양이 늘어난 건 확실하다(사회를 보는 양만큼 생각도 늘었으리).

물론 생각 많은 것이 나쁘다는 게 아니다. 이건 많은 생각이 나에게 좋지 않은 영향을 끼치고 있을 때의 이야기다. 늘어난 생각의 양이 오래 지속되거나, 심지어 총 할당량을 초과하면 조금씩 이런 기미가 보인다.

이해와 기대의 번복. 이해할 필요 없는 것까지 전부 이해하게 돼버리는 거. 자꾸만 곱씹다 괜한 기대만 생겨 상처받는 거. 그렇게 파고들다가 모든 일이 다 내 잘못처럼 느껴지고, 어떤 이는 사랑받고 싶다고 소리치는 배려만 내보이고 있겠지. (그러다 덤으로, 당신 주변 누군가는 그 알맹이 빈 배려에 익숙해져 그대의 배려가 작동하지 않는 날엔 혼자만 이상한 사람이 돼버리는 그런 디데이.) 이거 돌아보면 남 탓하기도 애매한 거라, 다시 또 생각하고 이해하고 배려하는 거. 이게 순하고 착한 거라구? 이거 착한 거 아닌데.

때로는 그 반동만큼 반하여 누군가에게 못되게도 굴겠지.

의도치 않은 배려가 몸서리로 나올 때, 사람이 친절하기만 한 게 가당키나 할까? 몸 한구석에 쌓이고 있는 '스스로에게 솔직하지 않음이 주는 스트레스=날 서는 예민함'은 쌓이고 쌓이다 어느 날에 폭발하듯 튀어나올 게다. 그렇게 모난 감정으로 향해가는 생각들은 늘 그런 방식으로만 세상에 빠져나온다.

이런 못됨을 마주하게 된다면, 거기 마음 쓰는 에너지를 도로 가져와 고이 집에서 당근 채 써는 데 쓰면 된다. 그렇게 모나게 생각이 움직이는 사람이 되면 분명하게 행복을 느끼기 어렵다. 생각이 부풀어 붕 뜨니 발만 허우적대는데, 행복은 느낄 틈도 없다. 그런 삶에 과연 채워질 수 있는 게 있을까. -나는 아픔이 돌고 돈다고 생각한다. 상처의 화살표는 상대를 통과해 동그란 지구를 둥글게 돌아 다시 내게 와버리는 것이라고. 그 뾰족한 화살표에 나는, 내가 못되게 굴어 생겨난 누군가의 아픔이 다시 내게로 돌아온 건가 봐 하며 통감한 적이 많다. 그렇다면… 그들이 누군가에게 내보낸 아픔은 결국 어디로 향하겠는가.-

한 살 한 살 나이가 들면서 나는 '많이'가 아닌 제대로, 하루하루 제대로 된 생각을 하는 연습을 시작했다. 변화를 시작한 나는 예전의 생각만 하던 나에게 "바보였군!"이라고 외친다(더 심한 말이건만 이하 생략). 그래도 그때까지는 겁에 질려 스스로 생각하기에 들어가는 자칭, 능동적 '바보' 상태였건만, 나는 거기서 멈추지 않고 요 바보에 또 생각을 얹어 더 생각하게 만들어버렸다.

최악의 못됨과 예민함을 쏟아내기까지 생각은 3단계로 발전한다. 능동적 *바보*→그다음 *2단계: 저 생각이 내 생각인지 이 생각이 내 생각인지 도무지 모르겠는 심연.* 바로, *[생각 뭉텅이의 방].*

스물세 살의 나는 생각 뭉텅이 방을 경험했다. 그건 정말이지 바닥부터 천장까지 생각으로 가득 눌러 찬 방이다. 짓눌리면 거기서 할 수 있는 것이 별로 없다. 꼼지락거리기, 짓누르는 생각을 생각하기, 어느 날 또 생각만 생각만 생각만하다 하루 보내기. 이 방에 발을 들이면 그 즉시 거기에 노련미까지 더해진다. 생각하고 생각하기의 노련함이라.

고인 곳에서 상황은 더 나빠진다. 그렇게 제대로 모남과 못됨을 향해간다. 착각하고, 오해하고, 왜곡하고, 행동하지 않게 만들고. 이것들이 바로 생각 뭉텅이 방의 특징이다. 생각 뭉텅이를 마시고 마셔, 맴돌다 맴돌다 섞이고 섞이면. 다음 단계로 넘어가기는 이전보다 수월해진다. 독이 퍼지듯 생각이 진하게 물드는 [마지막 3단계].

여기까지 도달하면 그때부턴 생각과 내가 별개로 나누어진 것이 아니라, 당신의 전부가 생각이 되고 생각의 전부가 당신이 된다. 생각의······························생각이 당연해진 이 단계에서는 마음뿐 아니라 몸도 많이 아프다(스트레스를 유발하는 생각으로 몸을 가득 채우고 있는데 안 아프곤 배길 수가 없다). 그렇다면 내가 생각이 된다는 건 '나' 자신에게 아주 못되게 구는 것과도 같겠다.

생각이 된다는 거. 그건 몽글몽글한 것이 아니라 아주 딱딱한 뭉침이다. 내버려 두면 내 근육을 꽈악 잡아 고질병이 된다. 몸이 팽팽한 채로 휴식다운 휴식을 취할 수 있는 이는 없으니. 생각은 그렇게 두려움을 만들고 두려움은 긴장이 되고 긴장은 껍질을 단단하게 만들어 그 안에서 자신을 방어하며 가드까지 올리게 한다. 가드를 올리려면 힘이 들어가고, 그렇게 계속해서 적의 동태를 살피는 시야의 긴장 상태가 지속된다면. 이제 나는 그 사람의 뒷목 상태가 진심으로 걱정된다. 과한 방어는 들어오는 것만 막는 것이 아니라 갖고 있던 것도 잃게 한다.

힘을 줄 때 우리의 살은 그다지 말랑말랑하지 않다. 힘이 들어간 몸이 그렇듯, 생각을 꽉 쥐고만 있다면 그 생각은 말랑말랑하지 않다. 그렇게 생각에서 생각이 떠오르는 간격이 빨라지면 어느 날부터는 수많은 생각을 짧은 시간 내에 오가고 있을 것이다. 이때엔 하나의 생각도 제대로 하지 못할 날이 온 거다. 긴장 가득한 몸. 연이어 예상 가능한 결과들.

모난 생각들은 그대로 나의 상태가 된다. 근육이, 그러니까 생각이, 여기저기 나를 참 아프게 들쑤셨다. 그렇다. 내가 바로 그 모난 생각 많은 이들이 도달하는 결과이자 근거다.

그 시절 대부분을 병원 침대에 누워 보냈다. 내 몸이 생각들에 지배당했다. 한참을 멍하니 올려다보던 나무 그늘, 가끔 거닐던 짧은 산책. 조금만 움직여도 땀이 송골할 계절이 다가오던 무렵.

바람 걷다 슬쩍 스며들어왔는지 나뭇잎 사이로 누군가 우편을 준 건지, 나에게 인생의 찬스(너무나 희미해 아주 얇아 투과되어 보이는, 그 뒤가 전부 보이는 약하디약한)가 모습을 드러냈다. -신은 우리가 갱생할 수 있는 기회를 한 번씩 후~ 날려준다. 그것을 발견한 상태가 되어 있냐 되어 있지 않느냐의 차이다.- 아지랑이만큼 희미한 찬스였다. 나는 운 좋게 그것을 발견할 수 있었다.

나의 발견에 도움이 된 건 다름 아닌 내 모난 버릇이었다. 초등학생 시절부터 해온, 흠이라는 것도 나중에야 깨달은 매일 밤의 버릇. *[매일 밤 잠들기 전 오늘 내가 한 모든 실수들 (실수 아닌 것까지 포함)을 생각하고 후회한 후 밀려드는 수치와 죄책감에 짓눌려 잠들기].* 이 말도 안 되는 일과가 그 찬스 종이를 볼 수 있는 우연을 만들어준 거다. (이 '잠들기'는 명확하게 나 자신을 끝도 없이 괴롭히는 거다. 지금 이곳에 그

동안의 밤을 쓰면서도 왜 내가 저런 생각을 해왔나 싶다. 그
것도 왜 하필 자기 전에. 내가 자라온 방식엔 불건강한 부분
이 있었고(이것에 관한 이야기는 추후 이어진다.) 이런 식으로 내게 지속적
으로 영향을 끼치고 있었다.)

　　나쁜 와중에도 찾아보면 하나쯤 좋은 게 있다며. 나에게
시작이 되어준 그 기회의 빛은 어디서 온 걸까. 그건 이 잠들
기 중의 하루 훔쳐보기에 있었다.
　　하루를 훑다 보면 내가 좋은 생각을 하게 해주는, 내 생각
이 긍정적으로 작용하게 해주는 촉매제들이 있다. 좋은 사
람들을 만나고 좋은 것들을 마주한 일. 그것이 시너지가 되
어 내 눈을 뜨게 해줬다. 하루하루를 훑어보며 나 역시 그들
처럼 좋아지고 싶다고 생각했다. 그리고 수많은 나의 하루
들, 그 안을 이뤄주는 고마운 사람들에게 나 역시 좀 더 좋은
사람이 되고 싶었다. 좋은 것들을 마주하면 그런 좋은 것들
을 만들어 그이에게 비춰주고 싶었다. 아름다운 것들을 발
견하며 그것들의 일부가 되고 싶은 바람이 잘못된 생각의 방
에서 나를 되돌릴, 혹은 제로로부터 새로 나아갈 기회를 준
것이다.

나는 루트의 방향을 벗어나기 시작했다. 제대로 된 생각, 제대로 된 마음가짐으로 있고 싶어졌다. 감정에 관한 수많은 생각이 자꾸만 나를 부정적인 쪽으로 빨려 들어가게 한다는 것을 깨달았다. 결국 이것이 나를 불건강한 생각하기 몸 상태로 만든다는 걸 알았다. 그때부터 나는 생각 끊기, 생각 멈추기를 연습하기 시작했다.

도달할 최종 목표는 [제대로 된 '생각하기']. 생각의 시작과 마침표, 문장 부호까지 딱 적당한 길이로 선명할 그런 생각.

거기에 도달하면 많은 것들(특히나 겹겹이 쌓여 어떤 것인지 모르겠던, 잘못 선택하기 일쑤였던 순간순간의 내 진짜 감정들)이 명확히 보일 거고, 뒤이어 몸은 더 건강해질 것이다. 소화 기관까지 말이야.

이것이 요즘의 내가 그렇게 공들여 온 생각하기 방식이다.

맞아. 나는 정확한 생각을 심플하게, 알맞게 하고 싶다.

내가 좋아하는 책들의 문장처럼, 내가 만들고 싶은 책의 문장들처럼 말이야. 제대로 생각하며 살아가고 싶다.

말하지 않아도
알아요

무엇을.

제대로 말하지 않으면, 그 마음은 알 수 없어.

혼자 기대만 하다 저버리지 말라고.

스물부턴
내 책임이지

부모와 자식 관계는 참 어렵다. 부모의 말 한마디로 수많은 자식의 길목이 시작된다니. 부모라고 늘 제대로 된 생각만 할 수 있는 것도 아닐 테고, 어른이 되지 않은 상태로 머무는 이들도 있을 텐데. 이런 참작점들은 전혀 고려되지 않는다. 부모-자식이라는 관계로 놓인 이상 거기서 곧바로 스타트. 자식에게 부모의 말은 우주고 하늘이고 중력이다.

잘못된 말들과 행동 속에서 무엇이 옳은지 그른지, 그 조금도 알지 못한 채 지속해서 자신만을 상처 입히며 자라게 된 이들. 그 아이들은 결핍이 있을 수밖에 없다. 잘못 배웠고 잘못 알았고 잘못 사랑했으니까.

어느 날에 이런 생각을 했다. 성인이 되어서부턴 부모를,

환경을 탓해선 안 된다고. 스스로 인지하고 인지해 나가며 고치고 바꿔나가고. 그렇게 정정해 나갈 수 있는 시기가 됐으니 부모의 흉 뒤로 자신의 책임을 숨겨버리면 안 된다고.

나의 부모가 어찌했건, 그로 인한 나의 환경이 어찌 됐건 스물부터 내게 떨어지는 세상은 나의 책임이다. 스물 이후의 행동에 내 어린 시절의 일, 부모로 받은 결핍과 영향을 이유로 댄다면 부끄러운 일이란 생각이 들었다. 변화를 시작하는 것이 아닌 거기서 머물기 위한, 나를 힘들게 했던 일들 때문에 내가 여기서 멈춰버렸어요 하고 인정해야 하는 순간이라니.

삶의 전투를 해나가며 나아가며 무언가에 숨어버리고 변명하는, 그런 치욕은 맛보고 싶지 않았다. 스무 살 이후에도 나를 힘들게 했던 것들에 메여 계속 그것들을 짊어지고 갈 필요가 있을까. 그거야말로 평생 영향을 받겠다는 뜻이 아닐까.

어린 시절 양육 환경의 영향으로 나는 많은 상처를 받았다. 더 옳은 길을 찾기 위해 더 많은 시간과 아픔을 감내해야 한다는 게 그다음에 찾아온 힘듦이었다. 그런데 뭐, 누구를 탓하리. 이젠 지난 일이다. 힘들었다는 사실 하나만 남아 있을 뿐 내가 어떤 행동을 할 때 그 어떤 것에도 내 성장 과정을 변명으로 넣고 싶지 않다.

부모나 가족이 내 세계를 움켜쥘 수 없도록 쳐내는 힘도 생기는 거니까.

반복의 반복도 더 나아지기 위한 반복이라면, 오롯이 내가 책임지고 있는 행동이다. 나를 이리저리 휘두르는 그 힘을 과거에게 쥐여주고 싶지 않다. 그것이 나를 힘들게 했던 과거라면 더더욱.

지두 크리슈나무르티 질의응답

깜냥

    나의 최고 장점이자 최하 단점은 '스스로 하찮게 여기기' 가 되겠다(요즘은 그 횟수가 뜸하니 '가끔 하찮게 여기기'로 수정해 주도록 하지). 이 점은 여러 곳에서 보이듯 나를 좀 더 겸손한 인간으로 성장시켜 주거나 매시간 끙끙 앓아야 하 는 사람이 되게도 한다.

    나를 대단하게 여기는 건 어렵다. 그런 점이 있는지조차 어리둥절해지는 나는 몇 년 전만 해도 심각하게 내 모든 것 을 낮추어 생각했다(굳이 그럴 필요 없었는데. 그땐 지금을 어찌 알았겠어). 서른이 됐으니 칭찬 하나 해볼까. '그래 내 가 외우는 건 조금 하니까, 집중하면 잘 끝내긴 하지' 하고 막 글을 써 내려간 순간, 그다지 잘난 점도 아닌데 잘나게 생각 하고 있는 듯해서 곧바로 기분에 살짝 먹구름 진다.

    그럴 필요까진 없단 걸 알게 됐더라도, 알잖아. 내 지난

깜냥이 하루아침에 뒤집히듯 변하랴. 뭐 나름 -뒤집개로 180
도, 360도까지는 아니더라도- 이 깜냥에도 시간의 바람과 함
께 얻어가는 80도쯤은 변한 점이 있기는 있단 거. 이를테면
내가 나의 친구나 아는 언니라면 말야, (드디어 80도 변하
여) 자신을 너무 못생기게 여기지 않게 됐다는 점을 칭찬해
주고 싶다. 자라나는 과정에서 흘러온 것이 나를 이뤘듯, 스
스로를 '흉물'로 여겼던 생각에서 '못나고 부족한 것'으로 많
은 장을 올라왔으니까.

시간이 꽤 흐른 요즘에 이십 대의 내 모습을 돌아보니, 그
날의 나에겐 매일 운동한 만큼 보기 좋은 건강함이 있었다.
이제는 보이건만, 왜 이전에는 온갖 부정적인 말이 앞선 모
자란 '나'였을까? 왜 그런 '나'로 두지 않으면 참을 수 없었던
걸까. 그런 못난 형용사들은 단어 모양 그대로(이 단어들은
생긴 모양부터가 모나지 않았나!) 인간관계를 비롯해 많은
부분에 영향을 끼쳤다. 그렇게 아주 오래 나를 아픔 속에 내
버려 두었다.

그렇게 하지 않곤 배길 수 없어서. 그거 말고 다른 방법이
란 몰라서. 혹은 단지 그거 하나, 내가 행복할 깜냥이냐 싶어
서. 막 서른이 된 나는 사람들이 오라고 불러도 "ㄴㄴ, 너무

멈"이라고 대답할 수 있게 됐다.

'이렇게 쉬운데. 이런 것들 때문에. 그렇게 오래 나를 아프게 두는 건 아니었는데.' 이런 생각이 드는 걸 보니 전보다 조금 더 편안하게 자리에 앉아 있을 수 있게 됐나 보다. 그냥 이렇게 '나'라고 생각할 수 있어야만 가능한, 편한 자세로 말이다(드디어 내버려 두는 안위보다 평온이 더 행복이란 걸 알게 된 거라).

'나 예뻐, 나란 존재 너무 잘났어' 하고 흩트려 누워보아도 더 편히 쉴 성싶지만, 뭘 더 바라겠나. 그냥 나는 '나'로. 별말 더해지지 않은 이 상태로도 무척, 괜찮다.

그럼에도 불구하고 여전히 '그럴 깜냥이냐'라는 생각을 자주 한다. 나름 장점도 조금쯤은 있다. 내가 세운 꿈과 도전에는 '내 그럴 깜냥이요' 싶으니 더 나름의 공을 들이게 된다는 거다.

…만(1초간 당당하던 어깨가 쭈그러들고 있음), 인간관계의 소통에서 더 강하게 적용되는 이 깜냥이 버릇은 사람과 사람 사이에 더 많은 오류만 불러옴직 싶다. 특히 (나도 '나'와 '나' 사이, 그 소통이 중시되는) 연애와 일에서.

연애의 시작과 과정을 불필요한 망설임으로 복잡하게 만들 듯싶고. 오해나 다툼을 풀어가는 과정 역시 순탄치 않겠지.

그리고 일. 음, 일이라. (생각에 잠기며) 어허.

사람들이 가끔 내가 호구라던 것이 이것 때문이었나. 설마의 설마⋯(다시금 깨닫는 중). 가격 흥정을 잘 못하거나 가끔은 더 얹어주는 일도 결국 나의 깜냥이 때문이었던가. 밀어닥치는 내 지난 흑호구역사들⋯. 아 이런 깜냥아. 정신 차리자. 장점 하나 우겨도 단점이 더 많아 싶으니 아직이야 멀었다.

오랜 날들 동안 나는 나의 마이너스를 어떻게든 0으로 만들려 했다.

이것에 많은 시간과 에너지를 썼다. 이제는 그 긴 시간과 에너지들이 절대 후회할 시간이 아니었단 걸 앞으로의 내가 증명해 보이면 좋겠다.

확실히, 증명해 보이고 싶다. 나는 이제야 좀 '나'니까.

이런 반복 속에도 제로를 유지해, 유지해 나간다면. 세계의 어느 날에, 이 깜냥에게도 작위가 하나 주어지진 않을까?

[고귀한 작위를 하사받은 |깜냥|에게 우러러 큰 박수 부탁 드립니다!]

오랜 시간 깜냥 했으니 얘도 좀 멋져지지 않을까 싶어서.

떡 하나 주면
안 잡아먹지

최근에 경영을 하는 친구 C가 친구들과 스타트업을 준비하고 있다고 했다. 요즘 많은 사람이 도전하고 있는 '앱'. 공동 투자의 개념으로 친구들 각각 배당하여 애플리케이션을 만들고 있는 듯했다.

일을 진행할 때 최대한 자금을 아껴보려 하는 건 음악에서건 우리네 삶에서건 마찬가지다. 가끔 곁다리로 지켜보면 몇 가지 좋은 딜들을 가격 조정을 하다 부득이하게 떠나보내는 일들이 있어 도리어 내가 아쉬웠다. 저 정도의 좋은 거래 조건이면 당장은 자금을 조금 더 쓰더라도 돌아오는 게 많아질 테니 하면 좋을 텐데.

엄마와 가끔 통화로 수다를 떨곤 하는데 이 일이 생각나 아쉽더라 했더니 "친구들과 같이한다면 아마 공동 투자인 듯싶으니 각자 같은 금액을 내서 하고 있을 것이다, 정해진

자금 내에서 해결하려 하는 건 당연하다"는 엄마의 대답.

이어지는 나의 대답. "아니 조건이 다른 데서 보기에도 좋은 조건이고 그 조건을 가져와 투자하면 더 큰 걸 얻게 될 텐데 왜. 여유가 있는 쪽(나는 내 친구가 거기에서 사장과 같은 개념이라고 생각했다)이 더 큰 그림을 보고 조금 더 보태면 그게 차라리 효율 아닌가."

끝맺는 엄마의 대답.

"그러니까 네가 돈을 못 모으지."

콰광… 엄마… 우린 지금 좋은 논쟁을 해볼 수 있었는데 왜 그렇게 답을 내려요.

들여다보면 엄마의 말도 맞고 내 말도 맞다. 각자의 세계가 다른 것이니까. 다 같은 금액을 투자해서 가장 적은 금액으로 더 큰 이익을 얻으려는 것이란 엄마 말. 그걸 이끌고 가는 사람이 좀 더 보태더라도 좋은 조건은 놓치면 안 된다, 그 조금의 보탬으로 더 큰 것이 돌아올 거란 나의 말.

무엇이 옳은지 아직 잘 모르겠다. 음악을 만들 때도 최대한 적은 금액을 사용해 보려 하는 것 같지만, 조금 더 비용을 들이면 더 좋은 퀄리티의 녹음을 할 수 있는데 그걸 하지 않고 그 부분에서 금액을 줄여버리면 음악 퀄리티는 낮아진다.

(물론 어떤 종류의 장르, 문화, 유행 등에서 일부러 로우 퀄리티나 녹음실이 필요 없는 간단한 프로그래밍으로 음악을 만들기도 한다.) 음악 듣는 걸 좋아하는 나 역시 양질의 음악을 듣고 싶다. 내가 하는 음악들은 나무의 결을 사용해야 해서 가격이 나가는 악기나 장비가 큰 부분을 좌지우지한다. 그보다 더 큰 부분은 어떤 연주자와 함께하느냐. 이게 음악의 소리를 모두 만든다고 해도 과언이 아니다.

나는 나보다 앞서 음악을 시작하신 분들(이하 '선배'라고 지칭)이 뒤이어 오는 음악인들, 재능 있는 음악인들에게 베풀며 일하는 걸 보며 자랐다. 좋은 일이 생기면 재능 있다고 지켜본 친구에게 그 일을 주기도 하고, 이제 시작하는 친구들에겐 함께 작업할 때 따로 비용을 받지 않거나 아주 낮은 금액으로 진행하여 나름의 선물을 주시기도 한다. (그렇기에 이제 막 음악 세계에 발을 딛은 친구들이 그동안 선배님들의 베풂과 사랑 안에서 해왔던 것들을 누군가의 도움 없이도 할 수 있다고, 자신들이 얻어낸 당연한 것이라고 생각하는 부작용이 생기기도 한다만.)

이런 것을 투자라 하기엔 단어의 어감이 차갑지만, 어찌 보면 정말 다른 형태의 투자로 내 사람을 만드는 것이기도 하다. 내가 지켜본 바로는 좋은 재능을 가진 친구가 일을 하며 잘 성장하면, 어떤 상호 작용이 되어 나중엔 서로 돕고, 도움받는 일로 되풀이된다.

내 일을 일례로 들자면 나는 U 교수님과 같이 작업을 했을 때 편곡을 맡아준 I 선배(이분과 작업할 기회를 얻기란 무척 어렵다. U 교수님께서 함께 해주셨기에 가능했다. 여기부터 나는 벌써 도움을 받았다)가 내게 "선물이야" 하며 편곡 악보를 쥐여주고 가셨다. 그 악보만으로 예쁘디예뻐 마음이 벅찼건만 나중에 들어보니 I 선배가 편곡비를 전혀 받지 않고 일을 진행해 줬다는 것이다. 그건 U 교수님이 그 이전에 I 선배에게 많은 사랑을 주었던 영향도 컸고, 이제 음악을 시작하는 사람(자금에 여유가 있는 경우가 매우 드문)인 나에게 I 선배가 주는 내리 베풂, 내리사랑이기도 했다.

음악을 만들기 위해 때론 얼마나 많은 것이 필요한지 알아가던 나는 깊은 감명을 받았고, 나도 반드시 그리할 거란 다짐을 했다.

그리고 정말 그렇게 지내왔다.

부족한 점들이 많아 정말 잘해온 것인지는 모르겠지만, 우선 나만큼은 U 교수님과 I 선배가 나를 필요로 할 때 무조건 달려갈 것은 확실하다. 심지어 그분들이 나를 필요로 할 때를 기다리고 있다. 그러기 위해서라도 더 잘하는, 좋은 음악인이 되어야 한다고도 생각한다.

내가 일하는 곳(굳이 분리하자면 어쿠스틱 악기 위주의 뮤지션 씬)의 모습은 대체로 이렇다. 조금의 금액을 아끼기 위해 좋은 연주자를 포기하는 안타까움은 결국엔 손해가 된다. 나는 엄마의 이야기를 통해 내가 있는 곳과는 다른 곳, 더 많은 사람들이 일하는 환경이 내가 봐온 것과는 아주 많이, 아무것도 모른다고 할 수 있을 정도로 다르다는 것을 알게 됐다.

그렇다고 내가 그저 우물 안 개구리라 하기엔 내 우물은 그 나름의 세계로 이루어져 그것대로의 흐름이 있다. 그러니 작은 것만 보느라 세상이 뭔지 모르는 것과는 다르다고 생각한다.

떡 하나 거저 주는 게 바보가 되는 세상일지 몰라도, 떡 하나 주고 마을 전부가 떡을 주고받는 것이 내가 있을 세상이고 계속, 계속 있고 싶은 세상이다.

돈 욕심 하나 없이 (누군가는 심각하다 할 만큼 나는 돈에 욕심이 없다) 일을 해오다 10년, 11년 차에 들어서며 돈을 벌고 모아야겠다고 생각하게 됐다.

내가 만들고 싶은 것들이 소득 없이 큰 재료비(금액)가 쓰이는 것들이기도 하고, 이런 이유들을 차치하더라도 내 주변 음악인들에게, 음악 하는 내 친구들에게 나는 더 많은 떡을 주고 싶다.

앙금도 들어서 맨들맨들, 제일 좋은 멥쌀로다가. 하나 말고 두 개 더 얹어.

떡 하나 주면 잡아먹힐까?

그건 모두가, 아주 나중에만 알 수 있는 일이겠지.

신 포도

2021.10.06. 23:05

살아가는 날이 늘어갈수록
내 세상에 신 포도가 많아지는 것 같다.

어릴 적 읽은 이솝 우화에서 본 이 이야기는
여우에게 포도가 닿지 않으니
됐어 어차피 저건 신 포도일 거야
라고 포도 먹는 걸 포기하고 유유히
포도를 지나쳐 가는 이야기다.

지금보다 단 몇 살 어렸을 적만 해도
달려가는 용기라던가
어지럽혀서라도 포도를 따는 무모함이 있었다.
지금은?

날이 갈수록 따지 않은 신 포도들이 많아진다.
이미 멀리 지나와서 이젠 정말 썩어 있는 것들도 있고
아직 탐스러 그 맛이 무엇일지
궁금증을 유발하는 것들도 있다.

아 이건 허심탄회한 후회나 반성의 글이 아냐
아니 후회를 왜 해
그건 신 포도인데.

언제든
펼 쳐 볼 수 있 는

짧은 글로 얇은 책을 이뤄보고 싶은 나에게 여기 소심하고 조금 빠릿한 옹호의 표를 하나 던져본다.

나의 보릿국물 밥같이 삼삼한 이야기들.

나는 2020년에 낸 1집 정규 앨범에서 지극히 개인적인, 깊고 무던히 사적인 감정을 다루었다. 깊고 어둡고 밝은, 누군가가 보기엔 자극적이었을 거고, 누군가가 보기엔 보기 좋은 솔직함이었을 거고, 누군가가 보기엔 거북하고, 누군가가 보기엔 말캉하고, 누군가에겐 다가서고, 누군가에겐 멀어지는 감정들.

사람들이 편안하게 들을 수 있는 류의 음악이 아니란 걸 알기에 지금의 회사가 나에게 정말 많은 걸 해줬단 걸 안다.

어린 시절 속 깊이 간직하던 감정들을 드디어 잘 털어 꺼
내어놓았고 기다린 만큼 어떻게든 그것을 '잘' 꺼내기 위해
부단히 공을 꽤 들였더랬다.

그런 만큼 이제 나는 조금 다른 결의 이야기들을 하고 싶
었다. 내 이전 감정들을 보냈으니 (글에서만큼은 더욱) 친구
들과 나눌, 찻잔 부딪히는 이야기들이 하고 싶어졌다.

긴말 더할 것 없이 '언제든 펼쳐 볼 수 있는' 이 말의 덧붙
임이 어색함 없이 흘러가는 글들이 그런 이야기라 생각했다.
카페에서, 지하철에서, 수업이 끝난 날 집으로 돌아가는 길
목에, 늦은 밤 친구와의 길어지는 통화, 지난 폴더의 텍스트
파일 기록에, 학교 앞 책상에 쌓아 올려 선생님께 검사받던
일기장 공책, 뭐든 어떤 이야기든 짧게 새겨놓은 꼬깃꼬깃
낙서 가득한 벽 모퉁이에.
우리가 언제든 나눌 수 있는 이야기,
그 중,

팬데믹 기록 – ??

2022.01.17. 02:41

코로나 후유증 이후 몇 번째 기록일까.

샤워를 하는데 머리가 너무 많이 빠진다. 이쯤 되면 의심의 여지 없이 머리가 정말 많이 빠지는 상태다. 며칠 전엔 청소기가 잘 돌아가지 않아 내부를 봤더니 머리카락이 가득 둘려 있었다. 청소기에 그 정도 양의 머리카락이 걸려 있는 건 처음 봤다. 그때까지만 해도 '많이 빠지긴 하는 건가? 그냥 청소기에 쌓여서 그랬을 수도' 했던 것이 오늘 샤워로 확실해졌다.

보탬 없이 내 주먹만 한 뭉텅이의 머리카락이 나왔다.

어릴 적엔 머리숱이 너무 많아 콤플렉스였고, 지금보다 더 곱슬기가 있어서 머리를 풀면 사자가 됐다. 그땐 왜 사자인 게 부끄러웠을까. 사자는 정말 멋진데. 머리숱 많은 게 좋다는 걸 알게 된 후엔 이 점을 싫어하진 않았어도, 머리가 잘

마르지 않아 미용실에서 숱을 많이 쳐야 했다.

지금은 초등학교 때 옆자리에 앉았던 여자아이 묶은 머리의 꼬리 (나보다 꼬랑지 양이 적어서 딱 예쁘다고 생각했던) 양, 어린 친구의 머리카락 양과 같은 양이 한 손에 수욱 들어와 쉽게도 잡힌다. 이제 슬슬 염려가 얼굴을 들이민다.

서울에서 잠깐 같이 살았던 사촌 언니가 스트레스 탈모가 심해, 늘 검은콩밥을 먹던 일. 탈모 때문에 오히려 더 스트레스받던 일. (그러나 이 일은 나에게 그렇게 두렵게 다가오진 않았다. 왜냐면 나는 언니의 두피나 머리카락 빠지는 양을 본 적이 없기 때문이다.)

초등학생 때부터 중학생 때까지 엄마에게 스트레스로 인한 원형 탈모가 왔던 일. 그래서 늘 그 부분을 신경 써서 드라이하고, 나에게 잘 가려졌는지 물어봤던 일. (내가 하는 거라곤 엄마 머리에 하얀 달로 자리한 그 둥근 모양이 잘 가려졌는지만 보는 것이었다. 그것이 심각한 것인지, 보기 좋은 건지 보기 싫은 건지에 대한 감상은 전혀 없었다.)

탈모가 심해지면서 언니와 엄마의 그때 모습이 자주 떠오른다. 그렇게 탈모는 언제 어느 순간에 나를 찾아올지 모르는 거구나 하고.

내 머리 틈새 어딘가에도 달이 떠 있을까? 나는 내 머리카락 속이나 뒤통수를 확인하는 일이 없어서, 나 보란 듯이 있는 그 자태를 내가 모르고 있는 것일 수도 있겠다.

엄마에겐 지금 달이 없다. 시간이 약인지, 아빠가 힘들게 하는 일이 줄어서인지 엄마의 머리카락은 무성히 잘 자라났다. 사라진지도 모르게 그냥 어느 날 엄마의 원래 머리 상태로 돌아와 있었다.

나는 기본적으로 나를, 특히 나의 외적인 부분을 별로라고 생각하는 사람이지만 의외의 부분에서 아주 너그럽다. 고양이가 낸 상처로 인해 생긴 흉, 내 왼팔에 강낭콩 크기만 한 빨간 반점. 다른 사람들은 괜찮냐, 조심하거나 없애라고 제안하는 부분들을 나는 아주 좋아한다.

시니드 오코너가 〈Nothing Compares 2 U〉라는 노래를 부를 때의 머리 모양이 멋지다고 생각했다.

비요크의 〈Huter〉 뮤비에 나오는 머리 모양이 아주 쿨하다고 생각했다. 두 가지 다 삭발 상태, 민머리의 상태다.

그렇다면 나의 염려는 탈모로 인해 모습이 보기 안 좋을 것에 대한, 사람들이 어떻게 볼지에 대한 염려가 아니라 현재 편안한 상태에서 뭔가를 변화시키거나 치료해야 할 일이 생길까 생긴 염려겠다. 요즘 작업에만 몰입하는 나날이 너무 좋아서 별도로 신경 써야 할 일이 안 생겼으면 좋겠다.

지금 있는 곳에 막 이사 왔을 땐, 유난에 유난을 더해 (매일 혹은 하루 두 번 온 이불과 담요를 터는 식) 깔끔을 떨었지만, 그게 날리는 고양이 털을 힘들어하게 되는, 고양이 털을 좀 미워하게 되는 계기가 된단 걸 깨닫고, 그보다 살짝 마음에 여유를 넣었다.

나는 내 고양이들의 모든 부분을 사랑하고 싶기 때문이다.

상황을, 감정을 기록하다 보면 가려져서 흐렸던 부분이 명확히 잘 드러난다.

이것은 따로 기록하지 않을 테다. 곳곳에 잘 보이니까.

허무여,
가라

나의 1집 정규 앨범 리뷰 중 이런 문장을 발견했다.

허무를 가장 잘 표현하는 가수라고.

내가 10년간 하고자 했던 것을 가장 잘 응축해준 문장이라 생각했다.

기대했건만, 나도 모르게 다시 기대했건만, 아무것도 없는 그 허무. 그게 내가 가장 잘 표현할 수 있는 감정이었다.

이 허무라는 동그란 실뭉치는 아마 아주 어린 시절부터 만들어졌겠지만, 가장 확연히 기억나는 일은 이것이다. 초등학교 5학년 때, 상급생 언니들의 괴롭힘이 있었고 그것을 엄마에게 말했던 일. 어릴 땐 내 이야기를 원체 잘 못해서 고민, 고민하다가 어느 날 드디어 그 이야기를 하기로 마음먹었다. 언니들의 괴롭힘은 절대 수월히 넘길 수 있는 일이 아니었으니까. 몹시 무서웠고 나에게 많은 변화를 일으킨 사건이었다.

엄마는 튀김 요리를 할 때면 기름이 튀니 베란다로 나가서 요리를 하곤 했다. 그날도 엄마는 엄마 특유의 바삭하기보단 눅눅한 새우튀김을 하고 있었다. 나는 엄마가 만든 새우튀김을 좋아한다. 그 무엇보다 엄마가 요리하는 뒷모습을 너무나 사랑한다. 베란다 문에 대각선으로 몸을 기대어 우물쭈물 망설였다. 엄마에게 대체, 어떤 식으로 말을 꺼내야 하지? 어떤 말로 시작해야 하며, 이것들을 뭐라고 설명해야 하는 거지? 한참을 망설이다가 엄마를 불렀다.

"엄마."

"왜?"

"어 엄마 있지, 나….."

"응."

"학교에서 언니들이 때려."

내 입에서 더듬더듬 나온 문장은 이것이 다였고 내 망설임의 시간이 무색하게 엄마의 대답은 빠르게 돌아왔다.

"네가 맞을 만한 짓을 하니까 맞은 거지."

지금의 나는 분별력이 있다. 이건 정말 말도 안 되는 말이

라는 걸 안다. 그렇지만 당시에는, 이것을 어떻게 설명해야
할까. 무언가가 무너지는 느낌이었다. 나는 엄마만이라도
내 편이길 바랐나 보다. (가족과 소통이 없던 아빠에겐 기대
할 수 없는 상황이었으니. 지금 생각하면 참, 엄마. 무슨 일인
지 물어라도 봐주지.) 거기서 무너져 더해진 허무의 실타래
가, 상당히 클 테다.

이건 일렬의 사건 중 한 가지일 뿐이다. 엄마와 나는 대화
가 전혀 되지 않았다. 나를 무조건적으로 잘못한 이로 만들
고, 나쁜 아이로 만드는 엄마의 화법에 고등학교 1학년이 됐
을 무렵엔 엄마를 향한 모든 기대와 애정을 놔버렸었다. ('어
머니'라고 부르며 완벽하게 감정을 절단시킨 채, 마치 타인인
것처럼 예를 갖춰 대했다. 그 어떤 마음과 기대도 없는 채로.)

나는, 정말로 스물세 살 이전까지 단 한 번도 화를 내본
적이 없다. 언성을 높여본 적이 없다. 어린 시절부터 지속된
엄마의 화법에서 부당한 것에 대해 나의 의견을 표출하는 방
법을 전혀 배우지 못한 것이다. 절대 화내지 않는 아이. 누군
가는 이걸 성격 좋다고 할까? 아니라고 생각한다. 그렇게 화
한번 내지 않는 것은, 분명 문제가 있다. 옳고 그름을 제대
로 판단하지 못한 채 때론 화를 내야 할 문제에서도 모두 말

없이 속으로 참아버리니 계속해서 스트레스(화병)가 쌓이고 있었다. 그것이 스무 살 넘어까지 이어져 내 면역 체계를 극도로 약하게 만들었다.

거기에 더해 잠 한숨 잘 수 없던 스케줄이 결국엔 내 몸을 아프게 만들고 말았다. 나는 스물세 살에 반신마비 증상이 발병돼 입원을 해야 했다. 거기, 벼랑 끝에 서고 나서야 내 감정을 제대로 표현할 수 있었다. 그것은 표현될 수밖에 없었다. 벼랑 끝이라 발 조금 디딜 수도, 그 이상 갈 곳도 없으니까. 이 이상 참아내고 숨겨낼 인내란 더 이상 남아 있지 않으니까.

태어나 처음 터트려진 감정은 초반엔 과하게 표출됐다. 나는 엄마를 향해 생전 처음, 소리를 높이고 화를 냈다. 왜 항상 나를 잘못한 이로 만드냐고. 그동안 쌓인 엄마를 향한 화와 울분이, 아픈 상처들이 아니 올바른 감정의 표현들이 그제야 터진 것이다.

그렇게 받기만 하던 화살을 나도 내보낼 수 있게 됐지만, 그 쌍방 통행이 제대로 이루어졌을까? 아니다. 엄마의 아주 오랜 시간이 엄마의 습관을 만든 것처럼, 그것을 새로 다잡기에도 아주 오랜 시간이 걸렸다.

그렇지만 우선 그때 나에게 아주 건강한 변화가 일어난 것은 호되게 확실하다. 엄마가 쏘는 화살표를 곧이곧대로 맞지 않게 된 것. 그리고 그걸 쳐낼 수도 있게 된 것. 엄마의 말이 내게 쏘아붙여질 때 내 온 마음과 몸이 엄마의 말이 잘못됐다는 걸 알려주고 있었으니까. 그제야 분별력이 생긴 거다.

그 이후 현재, 지금처럼 이렇게 엄마와 자주 대화하고 사이가 좋아질 수 있었던 것은 몇 년에 걸쳐 더 수많은 것을 터놓고, 싸우고, 대화하고, 울면서 이루어질 수 있었다.

이런 과정 중에 나를 이루는 주된 감정은 '허무'가 됐고 내 음악과 가사, 글에 자연스레 흘러나오는 감정 역시 허무였다. 그리고 지금 돌아보면, 나는 그 어떤 것보다도 이 '허무'를 잘 표현할 자신이 있었다.

기대하게 했다, 아무것도 없던 허공의 허무.
내가 가장 잘할 수 있는 거,
나에게 가장 자연스럽게 흘러나오는 거,

그러니 내가 하지 않고는 배길 수 없는 거.

'허무'란 나에게 그런 것이었고 그 누군가는 내 음악에서 그 허무를 잘 발견해 준 것이다.

나는 그 글(허무를 가장 잘 표현하는 가수라는)이 좋았다. 내 마음을 뿌듯하게 만들었다. 나 자신도 내가 그것만으로 똘똘 뭉쳐 이루어진 실타래라는 것을 알고 있었으니까. 알아 봐 주는 사람이 있단 건 참 좋다. 나 자신에게 한 움큼의 자신감을 더할 수 있게 해주니까. 맞아, 나는 허무를 표현하는 것에 있어선 정말 자신이 있어.

그 모든 허무를 내 안에서 끄집어내 만들었던 것이 정규 1집이었다.

열일곱 살때부터 그것을 만들기 시작했고, 스무 살에 밖으로 내보낼 생각이었다. 삶은 계획대로만 흘러가지 않아서, 언제나 계획엔 어느 정도의 유동성도 함께 포함해 놓아야 하더라. 원하는 대로 앨범을 내는 건 쉽지 않았고 그것은 내가 서른 살이 되어서야 이루어질 수 있었다. 그 허무를 모두 쏟아내기 위해 만들었던 정규 1집은, 어쩌면 서른 살이라 전부 토해낼 수 있었을 것이다. 벼랑 끝에 몰린 시기를 지나, 내 허무의 주요 원인이던 엄마와의 관계 회복 -이것들이 이루어진 후에 앨범을 내놓을 수 있게 된 것이니까.

이러한 이십 대의 과정까지 함께 들어갔기에, 정말 모두, 아주 제대로 쏟아져 나왔나 보다.

1집을 내고 난 후 처음 만든 음악엔 쓸쓸함이 없었다. 맑고 어여쁜 멜로디가 나왔다. 그리고 거기엔 맑고 예쁜 가사가 붙었다. 정규 1집을 낸 후 지금까지 나는 4곡을 작곡했다 (아직은 언제 발매하게 될지는 예상할 수 없는 미발매 곡들이다). 나의 아픔이 커리어가 되어 '허무'에 있어선 누구보다 잘 표현할 자신이 있던 내가, 비록 아픔의 흔적이 준 것이라도 하나의 능력이 되어준 나의 자부심 그 '허무'가 어떻게 되었냐.

실뭉치 하나 없이 완전하게 사라져 버렸다. 이 4곡에선 그 어떤 허무도 보이지 않는다. 불가사의한 일이란 생각이 들었다. 숨을 내뱉듯 자연스럽게 나오던 게 어째서 실밥 하나 보이지 않지? 내게 어떤 변화가 생긴 거지? 미간이 찌푸려질 만한 고민 안에 나를 던져놓은 이 변화에 문득 답이 하나뿐이란 생각이 들었다. 1집 앨범에, 그동안의 허무가 전부 쏟아져 들어가서, 이제 나를 이루는 마음 색은 다른 것이 된 것이라고.

나는 이런 변화를 처음 겪어본다.

사실은 약간이지, 두렵다. 내가 좋아하는 아티스트들이 어린 시절 자신을 이룬 주된 감정으로 계속해서 작품 활동을 이어나갔기에, 그들의 감정선이 전혀 다른 방향으로 뒤바뀌는 것을 본 적이 없기에, 나는 어리둥절해 있다.

'허무'가 사라진 곳엔 무엇이 들어왔을까? 그 질량이 컸던 만큼 비워진 자리도 클 텐데 뭐가 채워지긴 했을까?

앞으로 할 일, 가장 먼저 해야 할 숙제는 이것일 거다.

현재 나를 이루는 주된 감정의 색이 어떤 것인지 알아내는 것.

그리고 그 색의 실로 새로운 실뭉치를 만들어내는 것.

어릴 적 가끔 엄마가 뜨개질할 때 보던 그 보송보송한, 동그란 실뭉치로.

죠제와 나의 하악질

피해 의식에 관하여

'두려워하는 것' 하면 곧바로 떠오르는 게 있다.

나는 내가 피해 의식에 사로잡혀 상황을, 사람을, 마음을 정확히 보지 못하게 되는 게 정말 두렵다. 절대 그러고 싶지 않다. 내게 피해 의식이 싹트기 좋을 만한 환경의 나열이 있었던가. -이어지는 나의 나열이 단지 어제를 내보내지 못하는 나의, 이제는 완전히 벗겼다 생각하지만, 아직 그 흔적이 남아 있는 허물·오류일 수도 있다는 걸 주의하며 바라보도록 하자.-

내가 자라온 환경이나 내가 본 가족의 모습, 자라온 과정 중 부모님이 내게 보였던 태도, 초등학교 시절 친구들과 즐거운 나날이었던 내게 갑자기 찾아온 언니들의 학교 폭력, 중학생 때 내가 본 학교 폭력을 고발했다가 많은 친구와 불편해졌던 일, 열일곱 살인가 열여덟 살에 내 안에서 전부 지워 그 무렵이 떠오르지 않는 어떠한 일, 그로 인한 트라우마, 녹화본의 문장을 각 단어로 잘라 편집해 내가 좋아하던 가수를 모르는 사람이라고 한 것으로 만들어진 일, 한 날들이 하나씩 쌓여 벌어진 나를 통한 수많은 사기 행각들. 모든 비용(직원들의 접대비, 이사의 BMW 렌트비 등 그들의 경비와 월급, 음원 제작비 전부)이 내 정산에서 나가고 있던 일, 이것이 잘못된 것인지도 모르다가 나중에야 알게 됐던 이 내 어린 날의 일, 음원 투자사에서 내가 소속된 곳이라 투자했던 10억대의 금액이 음악이 아닌 어디로 전부 간 것인지 2년 후에야 깨달았을 때, 앞선 상황을 알고 회사를 나온 뒤 회사의 입김과 이런저런 말 더하기 싫어하는 내 성격이 더해져 내가 돈을 더 벌기 위해 회사를 1년 만에 배신한 것으로 소문이 퍼졌던 일, 그래서 내가 좋아하던 많은 곳과 업계에서 잘못된 시선이 쏟아진 일, 일하는 곳과 내가 마음을 담는 곳들이 그 소문 때문에 나를 잘못 생각하고 있을까 봐 곤두서 있던 몇 년, 스트레스로 인해 갑자기 생긴 반신마비, 또 어떤 것이 있을까.

이런 것들을 쓰면서도 나라고 잘한 일만 있을까 하는 생각이 올라온다(한편으론 나름의 기준이 생겨 이 나열을 쓰게

65

된 것만으로 많은 발전이군 하는 생각도 떠오른다). 내가 제대로 깨닫지 못하는 스스로 잘하지 못한 부분들도 있었겠건만, 나는 나 보기 흉하게, 경유를 보지 못한 채 이런 일들을 쌓아만 올려서 실제 피해 의식에 갇힌 사람이 됐었다. 이십대 중반의 나에겐 공격적인 예민함이 생겼고 누군가의 말이나 태도 하나로 다른 부가 설명은 듣지 않은 채 그 사람을 안 좋게 여기거나 완전히 (말 그대로 극단으로) 관계에서 끊어내곤 했다.

솥뚜껑 보고 놀란 가슴 자라 보고 놀란다고. 자라 비슷한 뭣도 없는데, 솥뚜껑 보고 밖으로 나가 다른 뭘 본 것도 아닌데. 나는 미리 자라가 나타나 내가 놀라게 될 것이라 믿고 겁먹고 있었다. 그렇게 되면 아직 보지도 못한 자라는 억울하게도 날 놀라게 한, 그래서 도무지 좋게 생각할 수 없는 자라가 된다. 그때의 이런 내 일면이 얼마나 많은 것들을 보지 못하게 했는지.

발톱을 세워 사람들에게 상처 주고 고양이처럼 하악질만 해대느라 바빴다.

이런 나 자신을 알게 된 건 그로부터 몇 년 후였다. 어느 때랄 것도 없이 일어난 변화는 아주 순간적으로, 갑자기, 어느 날에, 찰나 전지적 시점으로 나를 다녀갔다. 어떤 사고같이 내게 나타난 걸 수도 있고 시간이 만들어준 변화일 수도 있다. 그것이 나의 경험들이 쌓여 자연스럽게 이루어져 나타난 건지, 아니면 내가 자신을 지키기 위한 방어 기제를 찾다 찾다 드디어 제대로 된 방식으로 발동한 것인지 시기를 가늠할 수 없는 만큼 많은 것들이 가늠되지 않는다.

다행히도 확실한 건 그 어느 분, 초에 내가 변화할 수 있는 지점이 있었고, 나는 그 순간을 손에 잡을 수 있었다.

'나'를 내가 아닌 시점에서 바라볼 수 있는 순간이 나를 지나가고 있었다. 바깥의 시선으로 나를 바라볼 수 있었고 그 순간순간 사이에 내가 뭔가를 놓치고 있단 것을 알았다. 잘못된 뭔가가 내게 행해지고 있다고 느껴졌다.

(거기에 더해 나는 나를 '나'가 아니라고 생각하기 힘든 성격이고, 그런 성격에 걸맞은 직업을 가졌다. 자기 객관화보다 어떤 주관을 세워 가느냐가 중요한 직업이다. 연기로 비유하자면 '나'를 잊고 계속해서 다른 자아를 생성해야 하니, 나는 연기가 정말 어렵다. 그에 반해 싱어송라이터 형태의 가수는 자아의 색이 강렬할수록 표현력이 좋아진다. 그 가운데 내가

이러한 놓침을 발견하지 못했다면 나는 내 성격과 직업적 특성까지 더해져 두꺼워지는 껍질 안에서 완전히 고정되고 말았겠지.)

'나'에게서 나와 '나'를 봤을 때 그 무언가는 내게 절대 좋은 것이 아니란 걸 분명하게 느꼈다. 그렇기에 나는 그걸 제대로 발견하려 노력했다. 지켜보고 다시 뒤집어봤다. 그러다 알게 된 거다. 나도 모르게 생긴 피해 의식 때문에 선만 긋고 있었구나. 사람들의 감정과 상황을 제대로 보지 못하게 되고 많은 걸 놓치고 있구나. 상처에 상처를 더하며 때론 그 상처를 빌미로 다른 사람에게도 상처를 주고 있었구나.

그때부터 나는 내 방어적 (하악질 및 발톱 세워 앞 방망이 공격: 저 사람은 언젠가 내게 상처를 줄 거야라고 생각하고 있는) 태도들을 의식할 수 있게 됐고, 의식하게 됐으니 의식적으로 피하기 위한 노력도 할 수 있게 됐다.

나는 어떤 생각이 들 때 지금 이게 합리적인 생각인지, 내 지난 피해 의식이 만들어낸 건지 점검해 본다. 나의 지난 쉐도우 복싱Shadow Boxing은 그 나름대로 성장 과정이었을 수도 있다만, 나는 앞으로 다시는 내가 무의미한 주먹질을 행하지 않았으면 좋겠다. 자기 잘못을 못 보고 타인만 탓하는 사람이 절대 되지 말자고, 어린 날에 다짐했었다. 때론 사람 일에 정말 내 잘못은 없이, 타인의 잘못만 있는 일들도 있다. 그렇더라도, 그 일로 그다음에 다가올 인연, 감정까지 단정지어 피하고 거부하고 싶지 않다. (다가오는 무언가는 얼마나 억울하겠어. 자기가 한 일도 아닌데 영향을 받아야 한다니.)

최근에도 중요한 계약을 앞두고, 나의 호구성(내가 스스로 좋아하면서도, 위험한 상황을 만들 수 있으니 주의를 요해야 하는 나를 이루는 한 성향)을 상대로 뭔가 잘못된 일이 벌어지고 있는 것이 아닌지 머릿속을 부정적인 생각으로 채웠던 짧은 찰나가 있었다. 몇 시간 정도였지만 마음이 답답하고 평소와는 다른 기분으로 계속 곤두서 있었다. 이것을 눈치채고 내 감정을 점검 상태로 다시 보니, 이건 신중과는 다른, 그저 나에게 예전과 같은 일이 벌어질까 봐 무서워서 부정에 부정을 가시 세우고 있는 것뿐이었다. 이 하악질이 아직도 나타나는 순간들이 있구나 깨닫고, 요즘 지내오던 때보다 더 내 감정에 주의를 요하며 살펴보려 한다.

함께 지내는 고양이, 막내 죠제는 겁이 무척 많아 어떤 소리만 나도 도망가고 위험한 일이 없는데도 하악질을 하곤 한다. 지나가며 죠제를 본 사람들은 죠제가 성격이 안 좋다고 말한다. 가까이서 매 순간 죠제를 보고 있는 나는 죠제가 성질을 부리는 것이 아닌, 겁이 너무 많아 무서워서 그런다는 것을 안다. 나는 죠제의 이 점을 치유해 보기 위해 노력 중이다. 바들바들 떨어야 하는 날이 자주 있다는 건 죠제에게 너무 힘든 일 같다. 나는 이런 겁 많은 죠제를 통해 고양이의 하악질은 단순히 싫다는 표현이나, 누군가를 향한 공격성이 전혀 아니라는 걸 배웠다. 죠제가 도망가느라 보지 못한 걸 볼 수 있게 되고 곤두섬보단 편안한 마음으로 하루하루를 지낼 수 있게 되면 좋겠다. 그건 나 자신에게도 마찬가지인가 보다.

양지바른 곳엔

2021. 10. 02.

오늘 하루의 나는 양지바른 곳만 찾고 있다.
볕이 잘 드는 벤치가 보이면 거기로 가 한참 앉아 있었다.
그러므로 아무것도 안 한 건 아니야.
햇빛을 받았는걸.

햇빛 받는 것이 몸에 좋다는 건 익히 들어왔지만
이렇게 실행하게 된 건 전부
전부
고양이 목 뒷덜미의 향기 덕이다.

우리 집 코린이와 죠제의 목 뒷덜미에

코를 후욱 파묻고 숨을 크게 들이켜면

거기선 잘 익은 햇빛의 내음이 난다.
도톰한 이불을 햇빛 아래 한참 널어놓은
그런 향이다.

그 포근한 향이 너무 좋아서
맡으면, 그대로 안심하게 되는 차분한 호흡을 줘서,
자꾸만 자꾸만 맡고 싶어진다.

어느 날엔 그 이유를 발견했다.
해가 높이 솟아 있는 날이면
두 냥이들이 창가에 앉아 해를 받고 있더라
그래서 그렇게 뽀송뽀송
목 뒤에서 햇빛의 향이 났구나.

햇빛 향을 알고 나선
코린이와 죠제의 친구들을 찾는 것도 수월해졌다.
길가 어딘가 볕이 가장 잘 드는 둥근 공간이 있다면,

거기는 고양이들의 자리야.

-

나도 매일매일 햇빛을 잔뜩 받고선
구름을 안심시켜주는 사람이 되고 싶어
자꾸만 양지바른 곳을 밟는다.

-

2021. 12.

계절이 변하여 나의 양지바른 곳도 그 자리를 바꾸었다.

요즘은 거실 큰 창문 옆에 누워 햇빛에 말리곤 한다.
코린이랑 죠제랑 그렇게 셋이.

오늘도 우린 이렇게나 바빴는걸.
햇빛을 전부 받아냈단 말이야.

양지바른 곳엔 늘, 안심하고 싶은 마음이 동글동글.

압축파일

나의 '굳이'에 관해

소설을 자주 읽는 편이다. 시도 가끔 접하지만 에세이는 도통 접하지 않는다. 얼마 전까진 아예 읽지 않았다고 말하는 게 맞겠다.

나는 내가 긴말하는 것을 원하지 않는다. 이건 성향이다. 에세이는 자신의 이야기와 생각을 적어놓는 만큼, 긴 길이의 에세이는 내게 잘 와닿지 않는다. 이것 역시 내 성향과 관련된 것이다.

나는 말을 늘어놓고 싶지 않다. 늘어지는 말의 길이만큼 나 자신이 초라하게 느껴지고 말이 기다란 날엔 종일 기분이 그다지 좋지 않다. 나의 긴말에는 왠지 변명이 들어간다고 느껴진다. 꾸밈이 들어간다고 느껴진다. 아주 짧은 핵심들로 전달 가능한 부분이 무언가의 수식어들과 덧대어진 상황 설명으로 길어지며 자신을 포장하는, 결국엔 자기 자신에게 자신이 없는 것으로 느껴진다.

이전에 내가 그랬던 적이 있기 때문이다.

이런저런 말을, 글을, 길게 늘어놓던 때가 있었는데 그런 순간순간에 나는 우선 '나' 자신이 불편하다고 느꼈고 스스로에게 여러 가지 포장이 들어갔기에 말이 길어지는 것이라고 느꼈다. 이런 것들이 결국 자신에게 자신감이 없기에 덧붙여지는 게 아닌가 하는 생각이 드는 것이다. 그리고 그것이 나에 한해서는, 맞았다.

구태여, 굳이. 내가 내 속에서 아주 자주 사용하는 단어다.

'굳이' 이렇게 많은 감정을 표현할 필요가 있을까? 그게 전달에 더 혼선을 주는 게 아닌가? 이 말들이 굳이 내가 덧붙일 필요가 있는 말인가? 그냥 나를 위한, 그다지 말하지 않아도 되는 부가 설명일 뿐이지 않나?

나는 이런 생각들을 자주 한다. 그렇기에 대화를 할 때도 문자를 주고받을 때도 '음, 굳이'를 꼭 한 번씩은 떠올리며 말을 줄이곤 한다. 내가 그 한때처럼 이런저런 설명을 늘어놓지 않길 바라는 것이며, 그러는 동시에 내가 보이는 말에 자신감과 더 확고한 책임이 있길 원해서다. 그와 또 동시에 다른 말들로 전달하고자 하는 핵심을 흐리고 싶지 않아서이고, 나의 갈팡질팡인 모습을 굳이 사람들에게 알릴 필요도 없다고 생각하는 것도 있다.

이 굳이는 특히나 음악에서도 많은 부분 나를 명확하게 만들었다. 음악의 악기 구성을 할 때도, 가사를 쓸 때도 '굳이'라는 생각으로 한 번씩 검열을 거치면 거를 것들이 잘 걸러진다(심지어 나는 여백이 있는 음악 구성을 선호하기에 이 점이 더욱 알맞다).

이것이 좋은 점만 있을까. 분명한 부작용도 있다.

안 그래도 나에 대한 것(상황이나 감정)을 잘 말하지 않아 오해를 자주 사는 타입인데 이 '굳이'까지 더해지면 누군가와 소통이 불가해지고 그러다 누군가에게 굳이 설명할 필요가 없다고 느끼게 될 수도 있다. 때론 설명이 필요한 일들도 있으니까.

왜 늦었니? / 미안해. (내가 잘못한 일이니 제대로 인정하기 위해 굳이 다른 말을 덧붙일 필요가 있을까?)

왜 늦었니? / 미안해, 오는 길에 지갑을 놓고 와서 다시 들어갔다 와야 했어.

아무래도 후자가 더 명확히 상황을 드러내는 좋은 소통 방식으로 보인다.

군이의 또 다른 부작용이 여기 하나 더 올라온다.

군이 내가 군이를 좋아하는 걸 알리고 그 군이와 관련된 마무리를 군이 해야 하나?

여기, 아무래도 이게 가장 큰 부작용인 듯싶다.

자. 군이 너무 많은 오해를 사고 싶지 않다면 군이를 군이 제외할 때도 있다는 걸 알아두길.

공감하니 나 자신?

Pina

-좋은 춤을 추는 방법

Pina는 무용수들이 어떻게 움직이는지보다
무엇이 그들을 움직이게 하는지를 봤어요

-피나 바우쉬 다큐멘터리, 〈Pina〉 중.

Pina Bausch-Café Muller

어머니는 말하셨지,
웃지 말거라

"그렇게 웃지만 않으면 돼."

내가 스물세 살 때 서울에 잠시 온 엄마가 한 말이다. 어떤 경로로 나온 말인지는 기억이 잘 안 난다. 당시엔 무슨 뜻인지 전혀 몰랐지만, 이제는 그 뜻을 조금 알겠다는 것, 그것만 남았다.

우리 엄만 장난삼은 말투로 자주 칼을 꽂는다. 어린 시절엔 뜻을 몰랐지만, 한 살 한 살 나이가 들수록 그 블랙 조크의 의미를 해석할 수 있게 된다. 요즘은 그 핵을 곧바로 알아들어 엄마 말에 거들어 장난을 치기도 하지만, 잘 알아채지 못하던 이전의 나에게 엄마가 던진 말들은 몇 해 지나 세수하면서 꼭 떠오른다.

'아, 그때 그 말이 이런 뜻이었구나, 어푸.'

나는 친절한 사람이고 싶다.

사람이 좋고 사람들에게 잘해주고 싶으니까.

단연코 완벽할 순 없고 어떤 날엔 작은 악마 같은 날도 있겠지. 친절하지 않아야 하는 순간엔 의도 하에 뾰족하게도 굴 거다. 어찌 됐건 후에 영혼의 저울에 그 무게를 재볼 날 (각 종교, 사람마다 다름을 명시하며)에 "이거 이거, 그나마 친절하게는 살았네"라는 말을 들을 수 있는 정도면 좋겠다.

할머니, 할아버지, 강아지, 고양이, 아가들, 여성분들, 남성분들….

그중 내가 유독 편애하는 대상이 있는데, 엄마의 이런저런 아픔을 가까이에서 보고 자란 나는 여성들에게 더 친절하고 싶다. 더 친절하고 싶은 만큼 다른 이들에게도 친절이 기본 베이스여야 한다고 생각한다.

나의 베이스는 이러하였고, 나는 아주 잘 웃는다. 웃음을 띠고 있기도 하고, 반응하여 웃기도 잘한다. 그냥 잘 웃는다. 세상엔 웃긴 일이 너무 많다. 사람 말 한마디에도 얼마나 귀여운 부분이 많은지 들여다본다면 몇 번이고 웃을 일 투성이다.

지금에야 흥, 세상사, 하는 시니컬이 더해졌다지만, 때론 무리도 하며 더 시니컬하건만 스물두 살 그리고 그 이전의 나는 계속 생글생글한 얼굴이었나 보다.

스물세 살 어느 날, 엄마랑 마주 앉아 밥을 먹다가 나온 이야기다. "얘, 넌 그렇게 웃어주지만 않으면 돼." 그 전 대화 가 뭐였는지 도통 기억나지 않는 이 말은 여러 해가 지나 세 수를 하는 나에게 다시 떠오르게 된다.

'아하!'

아는 언니들, 친구들과 테이블을 놓고 탁상공론이 있었 다. 아주 최근에. -이어지는 이야기가 있었기에 이후 바로 위 의 세수 '아하!'가 생겨날 수 있었다.-

친절함은 오해를 사기도 한다. 그중에 탁상에 줄지어 나 온 이야기는, 친절함이 다른 이성에게 오해를 산다는 것.

물론 나의 입장 및 많은 친구의 탁상공론 입장은 웃고, 친 절한 게 왜? 심지어 모두에게 친절한 건데? 왜 그게 이성을 향한 무언가로 해석되는 건데? 글을 쓰는 지금 역시 나는 그

입장이 고수되고 있다. 그럼에도 이제는 엄마의 말을 이해하게 된 건, 나의 의도와는 다르게 생각하는 사람들이 충분히 많다는 거고, 어떤 의도도 없었음에도 다른 사람의 해석으로 여러 일에 휘말릴 수 있단 걸 알고 나서다.

'웃어준다고 다 이성적인 호감은 아닌데.'

우리들의 끝맺음에 늘 따르는 중얼거림이다. 이건 성별 관계없이 모두 마찬가지겠지(우선 내가 본 웹툰들에 의하면 마찬가지이다). 웃어준다고 다 이성적 호감은 아닐 텐데. 이걸 느끼고 나서 더더욱이 나는 내게 오는 친절을 이성의 호감이라고 생각하지 않으려 노력한다. 이 내 부단한 노력으로 떠나보낸 안타까운 사랑이 있긴 하지만 그건 이제 옛날 일이고.

이 탁상공론의 주제는 섣불리 답을 내려 이야기하기 참 어려운 문제지 않나? 웃어주는 게 잘못은 아니지만, 웃어서 내가 좀 피곤해진다면 안 웃는 것도 괜찮지. 뭐가 어떤 순서로 돌아가야 하는 게 맞을까? 나랑 내 친구들이 겪은 일들을 다른 이성들도 겪었을까? (내가 본 웹툰이 세상의 전부가 아니라는 시야로 볼 때 생겨나는 퀘스천 마크.) +2022.03.02. 인스

타그램으로 설문을 해보니 성비가 동등했다.

엄마의 블랙 조크는 순조롭게 나에게 힘을 뻗어 그 말을 내게 잘 배이게 했다. 한 해 한 해 방어적으로 변하고 있는 것만 같다. 인사하려다가도 한 번 더 챙기려다가도 에잇, 아니야 이러면 오해할 수도.

여기서 예방하고 저기선 도착 전 환불. 이렇게 전부 접어 지낸다면, 실은 우리 모두 이미 어른이 되어갈수록 그러고 있었던 거라면, 나는 우리가 아주 귀했던 것을 잃어버린 것만 같다. 한 번쯤은 날을 잡고 모두에게 싱글싱글 웃어주고 모두에게 먼저 물컵을 채워주는 아낌을 내보이고 모두의 가는 길목 끝까지 잘 챙겨 인사하며 모두에게 조심히 잘 들어갔는지 고민 없이 안부를 전해보고 싶다.

"잘 들어갔어?"
염려 하나뿐, 예전에, 우리다 속뜻 없이,
놀이터에서 뛰어놀 때 그때, 그냥 그게 전부였는데.

내가 놀이터에 홀로 너무 오래 머물고 있는 걸까?

별

더하기 별

나랑 만났던 혹은 스쳐 지났던 사람이 잘 지낸다는 소식을 들으면 기분이 좋다. 간혹 누군가가 예전에 나랑 만났던 애 지금 이렇게 잘 돼서 지낸대 하는 불평을 들을 때. 나는 속으로 이렇게만 생각한다.

'나랑 만났던 사람이 잘 지낸다면 기분 엄청 좋지 않나? 더 좋은 사람이 되어 좋은 상황에 있다면 내 기억이랑 그때의 내가 왠지 더 멋있게 느껴지잖아.'

후에 보니 별로라면, 별로인 기분으로 별로인 하루들을 지내고 있다면 내 그때 기억들도 별로가 되는 것만 같아서.

그러므로 나와 만났던 이들, 남녀 불문 모두, 행복하게 지내도록. 내 이기심을 위해서 하는 말일세.

침묵   2013. 05. 13. 15:09

참아내고 인내하고 삭혀내는

침묵은 참으로 아름답다.

김포   2014. 05. 27. 18:12

김포는 다녀오는 것만으로 힐링이다.

함께 있을 때 마음이 편한 사람만큼

소중한 인연은 없다.

___

밀가루와 설탕이 안 들어간

아주 맛이 좋은 자작한 카레를 만들었다.

강황 가루만 사용하니 훨씬 신선하고 담백하다.

무염 버터 티스푼 1+1/2 ,

양파 반 개, 토마토 반 개, 가지 2/3개,

소금 약간, 흑후추 솔솔,

꿀 한 큰술, 무가당 그릭요거트 한 큰술,

파슬리 가루, 바질 가루 조금 넉넉히,

강황 가루 한 큰술

작은 그릇 하나에 담길 양.

에피소드-넘겨보기   2016. 09. 12. 22:38

밤은 불가항력이다.

한 작가의 대표작을 생각하며 역시,

그것처럼 명징한 작품은 없구나 하고 생각했다.

베란다에서

요구르트를 마시면서.

이런 내가 작은 에피소드의 한 부분 같다 생각되어 웃었다.

노래로 이야기합니다   2020. 04. 19. 11:09

자신이 어떤 사람인지 알기 어려운 이유는

언제든

잊어버리고, 잃어버리기 쉽기 때문이다.

내일이면 사라지고 모레면 희미해질

사람 일

들리는 소문

거기

또 다른 불어온 소문

에 덮일 거

나는 내 할 일을 해야지

안부 하나 전할 필요 없이

가장 중요한 건 스스로만의 철학을 세우는 것이다.

그것과 동일하게 중요한 건

그것을 위해 매일 '어떤' 노력을 하고 있는가다.

꿈꾸는 건 누구나 다 할 수 있다.

꿈을 꾸는 것과 꿈을 향해가는 것은 완전히 다르다.

매일 하루를 이뤄나가면서 지낸다면 결국엔

전부가 이뤄진다 생각한다.

그러나 막연한 것만큼 최악의 독도 없다.

나의 연약함과 두려움을
다른 방식으로 풀어내지 않고
연약한 것은 연약한 그대로,
또 두려운 것은 두려운 그대로

하나일 때도 괜찮은데

은어 채집, 그 부록

어느 날 엄마는, 이혼하고 싶은 순간이 있었지만, 한부모 가정에서 자란 자식들로 만들고 싶지 않아 늘 생각을 돌렸다고 말했다.

두암동에 살던, 채 다섯 살도 안 된 고사리손을 가진 네 살 시절. 적당히 선선한 가을이었다. 그 어느 밤에, 엄마가 오빠와 나를 데리고 아파트 입구 언덕을 허겁지겁 내려갔던 기억이 난다. 엄마의 한 손엔 내 손이, 다른 한 손엔 집에서 제일 큰 검은 가죽 가방이- 그 몸을 부풀린 채 들려 있었다.

엄마는 그로부터 바로 전, 집 안 곳곳을, 방 안 곳곳을 돌아다니며 커다란 가방에 무언가를 계속 집어넣었다. 한눈에 봐도 빈 곳 없이 가방을 가득 채운 후 곧바로 오빠와 나를 불러 그렇게 대문 밖으로 나섰다.

약속 시간에 늦은 사람처럼 바쁜 걸음으로 아파트 초입의 언덕을 내려왔다. 그때 살던 아파트는 언덕 하나를 올라야 나왔다. 때문에 나서는 길도 내리막 비탈길이라, 보폭이 작았던 나는 미끄럼질 치며 무리 없이 엄마와 오빠의 걸음 속도에 함께할 수 있었다. 언덕을 내려와 평평한 곳에 막 발을 디뎠을 때, 내리막길은 끝났고 나는 좀 더 힘을 주며 엄마를 따라갔다.

아주 잠깐. 단 몇 발자국만.

엄마는 언덕을 내려와서는 그렇게 몇 걸음 내딛다 걸음을 멈췄다. 가방을 아스팔트 도로에 내려놓고 내 손을 놓은 채, 그렇게 엄마는 두 손에 자유를 준 채 거기 서 있었다.

엄마는 넘치게 울고 있었던 것 같다.

어린 날의 밤이라 그 눈물이 정확히 기억나지는 않는다. 엄마는 그렇게 몇 분 멈춰 있다가, 아마도 큰 소리로 울다가, 어리둥절한 오빠와 내 얼굴을 쓰다듬고는 다시 자유 없이, 한 손엔 커다란 짐 가방, 한 손엔 어린 딸의 손.

나는 그날 무슨 일이 벌어졌던 것인지 나이를 더 먹고 나서야 알았다. 엄마는 아빠와의 사이를 끝내려 다짐했고, 그것을 행동에 옮겼던 거다. 결심 가득했던 그 발걸음이 내리막길 아래 잠시 멈춰버렸던 건 망설임이었다. 서른의 나도 여전히 헤아릴 수 없는 망설임.

그러고는, 그 걸음 몇 발이라도 더 가보지, 딛지도 못한 채 다시 왔던 길 그대로 돌아갔다.

내가 초등학교에 입학한 뒤에 생긴 오빠의 방에서 오빠와 나는 자주 둘만의 시간을 보냈다. 둘 다 말이 없어 만화책 돌려 읽기가 전부였는데, 그 잠깐 사이 다녀간 대화가 (우리가 말이 없었던 것만큼 커다란) 네온사인이 되어 내 기억에 남았다.

오빠는 중학교에 입학하기도 한참 전이었고 나는 그 밑으로 그만큼 더 어렸다. 오빠와 나는 속으로 같은 생각을 하고 있었다.

엄마는 왜 이혼하지 않았을까? 이렇게 계속 다투는 것만 봐야 한다면 이혼하는 게 우리를 훨씬 행복하게 만들 텐데.

우리는 이 기묘한 (그러나 무엇이 우릴 더 건강하게 해줄 것인지는 확실한) 대화를 하기 전에, 잠시 산골짝에서 지내다 왔다. 엄마가 시골 분교로 발령이 났고, 거리가 멀어서 거기 분교에 있는 경비원이 쓰던 오래된 숙소에서 지내게 된 거다. 아빠는 본집에서 직장을 계속 다녔고 오빠와 나, 엄마 이렇게 셋이 시골로 갔다. 그 낡고 좁은 집. 찬물만 잔뜩 내놓던 수도꼭지. 그곳은 왜 그렇게도 내게 아름답게 남아 있을까.

밤하늘에 별이 훨씬 잘 보여서. 분교 앞에 뭐든 놀이가 되는 저수지와 갈대밭이 있어서. 오빠가 건강해져서 자전거도 타고 은어도 잡고 그렇게 뒷산 기운을 잔뜩 품어줘서. 그릇이 깨질까 봐 긴장하지 않아도 돼서. 누군가의 고함이 아닌 풀벌레 소리만 들려오는 집이라서. 학원도 슈퍼도 없었지만 모든 게 충만해서. 엄마의 그 입꼬리가 평온해서, 셋이 너무 너무 행복해서.

오빠도 나도 그때 깨달았다. 다들 둘이어야 한다고 해도, 그게 정상이라고 말해도, 하나여도 충분하다는 것을. 하나인 것은 흠이 아니라 더 현명하고 행복한, 아이들이 더욱 건강하게 잘 자랄 수 있는 환경이 되기도 한다는 거.

그 머리 맞대고 자던 밤들이 나는 지금도 그립다. 이제 몸
도 마음도 쑥쑥 자라 커다래진 오빠와 나는, 그때 엄마가 혼
자이길 택했어도 우린 잘 지냈을 거고 아마 좀 더 일찍 행복
을 맛봤을 거라고 이야기하곤 한다.

엄마는 미래에 다가올 우리를 향한 편견(그 시절엔 더욱
심했던)과 한부모 가정이란 타이틀을 자식들에게 주고 싶지
않아 아픔 속 인내를 택했다. 우리는 괜찮았는데. 지금도 말
이지. 그런 타이틀은 하나도 두렵지 않아.
엄마와 나랑 오빠가 행복하던 그 석 달이 천국이었는걸.
지금도 우리를 일으켜 주는 아름다운 기억의 에너지인걸.
남들의 말들보다 우리가 서로 행복한 게 더 중요한걸.

그렇기에 나는 반드시 둘이어야 한다고 생각하지 않는다.
반드시 둘이어야 올바르게 자라고, 감정이 잘 채워진다
생각하지 않는다.

때론 하나일 때가 더 나을 때도 있다.

오빠와 내가 느꼈던 것처럼.

하나일 때도 충분히 괜찮은데.

 은어 채집

죠제

감성적인 나. 너무 감성적인 내가 나는 싫었다. 감성에 빠져 자꾸만 이해하려 하고 자꾸만 나를 상처 입히는 방향으로 이끌어가는 그런 나. 이 모든 게 내가 너무 감성적이기 때문이라고 생각한 적이 있다. 그래서 나는 이성적이고, 똑 부러지며, 언뜻 차가워도 보이는 '감정에 휘둘리지 않고 무언가를 결정하는 사람'을 아주 동경한다. 이 부분은 지금도 마찬가지다. 그런 사람들을 보면 동경이라는 감성에 젖어든다. 멋지다고 생각하고 마는 것이다.

시간이 흐른 후 나는 나를 이루는 점들을 점차 받아들이게 됐고 (어쩌겠나, 이게 나인걸) 이것들을 어떻게 더 좋은 방식으로 만들어갈지를 생각하게 됐다. 그때부터 나에게 감성과 이성은 따로 구분하여 생각할 문제가 되지 않았다(그렇지만 아직도 나와 반대인 사람들을 보면 반짝거리는 눈으로 쳐다보게 된다).

그러다 문득 오랜만에 영화 〈조제, 호랑이 그리고 물고기들〉이 떠올라 다시 보았다. 시간이 흐른 후 영화를 다시 보면, 내 안에 또 다른 시간이 쌓인 후라 전에는 몰랐던 새로운 것들이 보인다. 역시 영화를 처음 봤을 때는 무신경하게 넘겼던 어느 사소한 부분이 내게 크게 다가왔다.

여주인공은 자신의 이름을 조제라고 불러달라고 하는데, 그때 그 이름을 선택한 이유가 프랑수아즈 사강의 책에 조제라는 이름을 가진 여자가 나오기 때문이라 했다. 이게 나에게 무척 흥미롭게 다가왔다. 그 얼마 전 프랑수아즈 사강의 《브람스를 좋아하세요…》라는 소설을 무척 재밌게 읽었기 때문이다.

대체 그 책은 어떤 책일까. 알아보니 프랑수아즈 사강의 책 중 《한 달 후, 일 년 후》에 조제라는 인물이 나왔다. 망설임 없이 책을 주문했고 곧바로 읽기 시작했다.

조제라는 캐릭터를 더 꼼꼼히 보게 됐다. 조제는 아주 매력적이었다. 나와는 다르기에, 나와는 다른 선택을 해나가기에 더욱 멋지게 느껴졌다. 나와 함께하게 된 너무나 사랑스러운 내 아이, 캐러멜색 털을 가진 고양이에게 막대 하나를 더 붙여 죠제라는 이름을 주었다. 그렇게 틀 없이, 나 자신을 가장 먼저로 챙기며 살아가라고.

아마, 그토록 내가 원하는, 되고 싶은 삶의 방식일 것이다.

하나에 하나 더해 ㅣㅣ 둘. 죠제.

나랑 같이 둘이, 둘 다 잘 해내 보자고.

죠제는 조제처럼, 나도 조제처럼, 이젠 분명 우주에 차분히 안착할 거라고.

애인
찾기

결혼 적령기에 다다른 주변 친구들은 애인 찾기의 광풍이다. 계속되는 소개팅에 이게 어떻게든 하면 가능한 일이구나 싶어 일렬에 대항해 한 번씩 권유한다.

"연애를 안 해보는 건 어떰?"

"잠깐 안 하고 지내는 것도 괜찮은데."

"내가 뭐 그런 글귀 좀 보내볼까? 내 일에 집중되고 좋은 점도 많을 텐데."

연애를 할 때건 안 할 때건 나는 이 질문이 아주 좋은 질문이라 생각한다. 그리고 여전히 물어보기도 하는 이 질문들에 당연히 귀여운 내 친구들은 모두 거절했다. 때론 연애 안 하는 것이 흠인 곳 혹은 모두가 하고 있어서 남은 내가 불안

한 곳, 아님 연인과의 기댐에 중독돼 없으면 하루마저 힘든
곳. 이것들이 전부 당연한 곳. 아직 우리가 있는 곳이다.

연애 안 할 때 내 두 발로 발 딛고 있는 그 기분,
그것도 못지않게 더하여도 좋은데.
연애,
사랑은 그게 전부가 아닌데.

-지구를 향한 나의 뜨거운 사랑을 보내며.

여기,
해명

내가 대중적 감이 없다고 말하면 많은 이들이
내가 성적이 나오지 않아 자포자기한 것으로 안다.
여기서 짚고 넘어가야 할 건
난 그 감 없는 나를 좋아한다는 거다.
나는 결코 포기하는 타입이 아니다.
아닌 건 그냥 인정할 뿐이다.
그리고 더 나에게 맞는 점,
나만이 가지고 있는 점을 발전시킬 뿐이다.
나는 내가 제일 잘할 수 있는 걸
가장 잘하고 싶을 뿐이야.

허 영 자 기 만 족 도 취

하지만 베아트리스도 속으로 이미 그렇게 생각하고 있었다.
그녀는 사람들이 자신에게 마음을 빼앗겼다고 쉽게 믿었다.
그 사실에서 과도한 허영심은 끌어내지도 않은 채.

-프랑수아즈 사강,《한 달 후, 일 년 후》, 소담출판사, 2022

물론이지. 허영이 생기는 건 위험하고말고.
평판 때문이 아니라, 나를 위한다면 위험한 것이야.
나에게 허영이 들어오던 날에,
나는 그것이 허영인지도 모른 채 품으며
쉽사리 불평하고 쉽사리 투덜댔지.
그만큼의 발전의 시간을 잃고 있다는 걸
꿈에도 몰랐단 말이지.

매 순간 연습, 배움, 노력하며 더 나은 내가 되려면, 결단코 허영이 들어오면 안 된다. 지금의 나에 머무르지 않고 성장하는 것은 내가 나의 실력에 만족하지 않을 때, 나의 실력이 아직 부족하다고 느낄 때, 허영이 없을 때만 이뤄질 수 있는 거니까.

허영이란 것은 얼마나 불필요한 것인지. 그것을 깨닫는 순간 나의 부족함을 느낄 수 있다. '부족하다'는 부정적인 형용사 같지만, 부족함이란 더 많은 성취를 할 수 있다는 걸 의미한다. 그렇게 부족함을 채우기 위한 하루하루의 노력을 더하여, 매일에 성취감을 느끼며 지낼 수 있게 된다면 자기만족이 높아진다. 자기만족이 높다는 건 마음이 고요하여 나를 제대로 바라볼 수 있다는 것이고, 자신을 제대로 응원하며 사랑해 주고 있다는 것이다. 귀한 마음이고, 이것을 가지고 있는 사람들은 흔들림이 없으며 그 기운이 맑다.

그런데 이게 쉬운 것만은 아니야.
이 허영이란 게, 음하기도 어찌나 음한지.
자칫 깜빡하면 다시 내 옆에 붙어 있더라니깐.

요놈이 올라가는 걸 아주 좋아해서,

위를 향하는 게 있으면 자꾸만 따라와.

올라갈수록 더 잊지 말고 주의를 기울여야지.

자존심이 높을 때, 자신감이 넘칠 때 따라오기도 하더라니깐. 아니 게다가 자기만족이 올라갈 때도 다가올 기회를 엿보고 있어.

자기만족을 느끼는 일이 잦아진다고 도취에 빠지지만 않으면 돼.

도취 (陶醉)

1. 술에 거나하게 취함.

2. 어떠한 것에 마음이 쏠려 취하다시피 됨.

도취는 허영을 불러오니깐.

그 도취란 친구 만나지 않게 아주 조심하라고. 둘이 너무 친하더라니까?

유연하고
모호하게

　한때는 흑백이 명확한 사람들이야말로 멋진 사람이 아닌
가 생각했다. 지금의 나는, 그 안에선 흑과 백을 정확히 알면
서 회색으로 표현할 수 있는 사람이 되고 싶다. 나날이 내게
더해질수록 내가 확답할 수 있는 일이 없다고 느꼈기 때문이
다. 모두가 다르고, 나는 평생 새로 느끼며 배워나가야 한다.
　그러니 답을 고정하기보단, 유연하게.
　그러한 모호함은 호기심을 일으키니 어쩌나 매력적인가.
　그러니 나는 '유연하고 모호하게'라는 말을 몇 번이고 새
긴다.

그럼에도 불구하고
속은 명확하게

그럼에도 불구하고 나는 내 안에서 절대 흑과 백이 섞이지 않도록 하기 위해 (필사적으로) 노력하며 사는 중이다. 내 안까지 회색이 되면, 말 그대로 혼란의 도가니. 이거야말로 정말 큰일이 나는 거다. 내가 무엇을 좋아하는지 무엇을 싫어하는지를 명확히 알지 못한 채 계속해서 자신을 배신해 나간다면, 남는 건 꾸준히 '나'에게 상처 입히고 있는 나.

오랫동안 자리하던 회색 지대를 건너 경계선에 다다르고 있을 때, 나는 하루하루 내가 좋아하는 것이 '정확히' 무엇인지를 찾기 위해 노력했다. 나 자신을 꾸준히 속여온 탓에 나는 내가 무엇을 정말로 좋아하는지, 무엇을 정말 싫어하는지 도무지 알 수 없게 된 상태였다(그렇게 내 안을 회색 지대로 만든 것이다).

사회생활을 시작하며 아주 오랜 시간 '나'를 속이고 내 안에서 무엇이 옳은지 구별하지 못하도록 만들었다. 싫지만 좋다고 해야 하고, 하고 싶은 걸 하지 않겠다, 하기 싫은 걸 내가 원해서 한 거라고 말해야 했던 하나하나. **유연하고 모호하게** 대응하는 태도를 익히지 못했던 나는, 나를 속이며 거기에 더해 타인까지 속이는 두 배의 수렁엔 들어가고 싶지 않았다.

그렇기에 당시에 내가 택한 그나마 정직한 방법은 나 하나만 속이며 세뇌하는 거였다. 내 입에서 나오는 모든 말이 (진실된 '나'의 마음과는 전혀 다른 말들이) 진정으로 원하는 것이라며 자신을 세뇌했다.

'그래, 맞아 난 이걸 좋아해.', '그래, 맞아 이건 어쩔 수 없이 하는 게 아니라 내가 선택해서 하는 거야.'

이것이 내 나름 그나마의 정직을 위한 방법이었다.

자신을 속이는 상태는, 정말 고통스럽다. 그중 가장 고통스러운 건 뭔가 잘못된 거 같고 기쁘지 않고 힘들면서도 대체 그 이유가 뭔지를 전혀 알 수 없다는 거다. 그것마저 내가 나를 속이고 있으니까.

다행히도 나는 내 안에 꿈틀대는 (용암과도 같은) 꿈을 향한 후회와 내가 만난 많은 걸 배울 수 있게 한 사람들 덕에 나를 속이고 속이는 '회색 지대'의 늪에서 기어이 올라와 땅에 발을 내딛기 시작했다.

(나는 열일곱 살에 정규 앨범 1집을 스물에 내겠다고 다짐했다. 그걸 해내지 못해 언제나 부끄럽고 후회스러웠다. 내가 지니고 있던 말도 안 되는 반성과 수치가 곁다리로 가지 쳐서 그 하나 좋은 작용을 한 것이다. 이제는 내가 나를 데려가는 방법을 아니 불필요한 반성과 수치는 더 이상 필요하지 않다.)

그곳이 회색 지대가 끝나는 경계였다.

땅에 발을 딛고 지친 고개를 들고 보니 그 너머로 보이는 건 명확한 세상이었다. 흑과 백이 확실한. 모든 걸 제대로 구분해 볼 수 있던 어린 시절의 내가 있던 그 세상이 다시 내 눈앞에 나타났다. 세상과 세상의 경계, 그 또렷한 선 위에 앉아 나는 거기서부터 하루를 연구하기 시작했다. 아침에 눈을 뜨자마자 아주 긴밀하고 세심하게 내 기분 상태를 관찰했다.

내가 이 음식이 정말 좋은가? 나는 이게 정말 맛있나?

이 영화는 내가 흥미롭게 볼 수 있는 영화인 건가?

지금 내가 가는 약속은 정말 내가 원해서 가는 건가?

여기서 웃고 있는 나는 정말 기분이 좋나? 지금 내가 느끼는 게 '기분이 안 좋은 거' 맞나? (내 기분이 좋고 싫고까지 구분이 어려웠다.) 여기서 기분이 안 좋아지는 나는 그럼 왜 기분이 안 좋아진 거지?

지금 만난 사람이 왠지 느낌이 안 좋은데 이럴 때 나는 '아니야, 그런 생각하는 내가 나쁜 거야, 내 착각이야'라고 내가 느낀 기분을 뒤집어버리곤 했지. (왜 그렇게 내 편이 되어주지 못했던 거지?) 그렇다면 지금 내가 느끼는 느낌은 정말 직관적으로 느낌이 안 좋은 걸까, 아니면 내가 또 나 자신을 속이고 합리화할까 봐 경계하느라 기분이 안 좋은 걸까?

대체 지금 내가 느끼는 이 기분은 어떤 것이지?

내가 뭘 하면 기분이 좋아지는지. 정말 그것만을 알기 위해 하루를 보냈다. 상당히 오랜 기간 자신을 제대로 바라보는 연습을 했고 자꾸만 돌아가려는 관성도 심리 상담이나 치료를 통해 완화되는 도움을 받았다. 그리고 지금, 방금 감은 머리를 역시나 말리지 않은 채 타자를 두드리는 나는 이런

생각을 하고 있다. '그보단 내가 뭘 싫어하는지 아는 게 더 명확하지 않을까?'

결국 이 모든 것은 (겉보기에는) 내게서 다시 회색으로 나오긴 할 테다. 정말 좋은 것도 정말 싫은 것도 상대와 상황을 위한 배려로 그 색을 흐려 말해야 될 때가 있으니까. 그럼에도 늪으로 돌아가지 않고 내 중심을 곧게 잡고 있을 수 있는 건, **내가 지금 말하는 것이 내가 정말 원하는 것인지, 내가 정말 원하는 것이 무엇인지를 '나'는 정말 알고 있어서다.**

나는 지금껏 해온 작업들에서 많은 부분 내 책임을 회피해 올 수 있었다. 내 음악이 아니라 생각했기 때문이다. 이런 말을 인터뷰에서 하거나 어딘가에서 내뱉으면 해석 여부에 따라 진위 상관없이 매질하기 쉬운 말이 되니, 나는 그동안 회색으로 잘 말해왔다(그러다 결국 자기 속까지 뭔지 모를 회색이 된 거지만). 이제부터 내가 말하고자 하는 것은 선택적 회색이 아니다. 나를 지배했던 회색도 아니야. 지금 나는 좀 더 건강한 방식으로 나를 바라본다. 내 마음도, 무엇도, 누구도 속이지 않은 채.

이제는 내가 확실히 말할 수 있는 나의 기준은 이것.

나는 내가 작업과 편곡 과정 일렬에 직접 참여한 곡만 내 노래라고 인지한다.

이 기준은 지금보다 아주 오래전, 나를 이루던 하루하루가 명확할 때 늘 가지고 있던 생각이다. 없던 것이 내게 생겨난 것이 아니라, 잠시 흐릿했던 것이 원래대로 스위치가 켜져 선명해진 거다(이전보다 더 깊이감과 은은함을 지닌 불빛이다). 지금의 나는 이 생각이 내가 진정으로 원하는 것임을 알고 받아들인다. 인정해 준다. 때론 1처럼 할 수 없더라도, 내가 좋아하는 것이 '1'이라는 것을 정확히 알고 있을 때 그다음 발걸음이 어떤 식으로 나아가야 하는지, 어떤 방향성을 가지고 행해야 하는지 그 중심을 잡고 움직일 수 있다.

다른 음악인들의 작업 방식은 어떤지 그 속내까지는 정확히 알지 못한다. 굳이 내가 알 필요도 없다고 생각하기도 하고(스스로들 안에서만 명확하면 되니).

내가 무엇을 좋아하고 무엇을 싫어하는지 제대로 선명하게 알아가는 나는, 스스로의 작업 방식에 대해서 이제 솔직하게 말할 수 있다. 나는 내가 음악을 만드는 방법을 벗어나 다른 사람의 곡을 받거나 다른 편곡을 받는 경우, 그건 더 이상 내 노래가 아니라고 생각한다(부정적인 이야기가 아니라 단지 내가 할 음악과는 구분된 음악으로 여긴다는 거다). 그럼에도 해나가고 해나갈 수 있는 건 내 작업과는 또 다른 작업의 형태, 좋은 '콜라보레이션'의 일종이라 생각하기 때문이다. 각각 다른 사람들이 자신의 색들을 하나씩 도장 찍어 만들어낸 합작 그림.

서른 살이 된 내가 인터뷰나 질문에서 이렇게 내 명확한 속내를 드러내 보인다면, 나는 혼이 날까? 가지각색의 해석과 추측으로 골치 아픈 일들만 많아질까? 내가 어떤 답을 하더라도 현재 '내 안'에 확실한 기준은 *[내 음악을 내가 직접 만들 때 행복한 나]*이다.

나는 지금껏 선보인 작업 중에 두세 번 정도만 이 기준을 꺼내 실행해 볼 수 있었다.

가장 최근에 내가 다시 나 자신으로 돌아가며 내디딘 곡은 〈만월블루스〉와 〈이상견빙지〉이다. 나는 이 두 곡을 만들 때 말로 다 할 수 없는, 큰 희열을 느꼈다. '행복하다'보다 더 벅찬 표현이 있다면 그것으로 내 그때 기분을 말하고 싶다. 그리고 이 두 곡을 작업하며 나는 다시 한번 '나'에게 확답을 줄 수 있었다.

'그래, 역시 넌 네가 직접 할 때 가장 행복하구나.'

회색 늪에서 빠져나온 지 얼마 되지 않은 나는, 잊어버리지 않기 위해 이렇게 정확해진 기준이 생기면 빠르게 메모장에 적어놓는다.

현재 내 노트에 적힌 내용은 이러하다.

＊ 두 번 생각해서 이해하려고 하지 말기 (심리 상담 중)

: 덧붙이자면 이 무자비한 누군가를 '이해하기'처럼 자신에게 불친절한 일도 없다. 나 자신에게 먼저 친절해야 다른 사람에게도 성질부리지 않고 나이스하게 대할 수 있지 않나.

＊＊ 내가 내 일을 구분하고 결정하는 조건

1. 내 곡은 내가 머릿속에 그린 모양대로 편곡한다.

: 그렇지 않은 곡은 콜라보레이션이라 생각하며 내 담당 역할을 정확히 한 후, 그 외의 다른 작업은 작업자를 **믿고** 확

실히 맡긴다.

2. 스태프들이 자신의 역량을 잘 펼칠 수 있는 환경이어야 한다.

: 안보는 말할 거 없이 중요한 부분이고, 몸이 고되고 힘든 것보다 내 능력치를 제대로 보일 수 없는 게 더 힘들다고 생각한다. 몇 가지 제안만으로도 이런 환경은 만들어질 수 있다. 그게 불가능하고 서로가 최악의 결과물을 만들게 될 상황이라면 하지 않는 게 낫다.

3. 이것이 내가 하는 창작 업에 무리를 줄 수 있는 일인지 아닌지, 내 신념이 이해할 수 있는 선의 내용인지 살펴보고 결정한다.

→ 내 음악이 아닌 다른 모든 활동은 이 3번을 가장 단단한 기준으로 두고 결정한다.

: 일할 때 신념이나 시간 배율이 어긋나면 딛고 있는 땅이 구덩이로 숙 들어가는 무너짐을 느꼈다. 자신의 신념에 어긋나는 일을 하고서 이건 내가 결정한 일이고 내가 원해서 하는 겁니다 하고 말하는 것만큼 고통스럽고 무익한 환경이 또

일어나지 않길. 물론 시간이라는 검증이 내게 쌓여서인지 (시간 차로 능력치를 평가하는 것도, 검증을 표하는 것도 정말 싫어하지만, 내가 이 환경의 경력자로 인정되면서 많은 걸 편하게 이야기할 수 있게 된 건 사실이다), 단순한 나이의 영향인지, 때론 원하지 않는 것을 피할 수 있는 선택을 할 수도 있게 된 현시점에서는 설마 지금의 나에게 이런 일이 생길까 하는 생각이 든다.

　-'아이코. 맞다. 이 설마를 제일 조심해야지.
　(코로나로 매를 호되게 맞지 않았느냐.)
　잠시 온 평화에 안주하지 말 거라. 경각이오.'-

　'나'를 지키는 건 참 중요하다. 나는 그것이 또한 '선(禪°·善◇)'이라고 생각한다. '나' 자신을 지키는 것은 수만 갈래로 뻗어나가 결국 타인을 지키게 된다. 이것에 대한 경유는 내가 '나'를 제대로 지켜낸 그 순간에 머릿속에 넘쳐흐르며 깨

○　禪(선 선): 마음을 한곳에 모아 고요히 스스로를 깨우치는 불교 수행법 중 하나. 좌선, 묵조선.
◇　善(착할 선)

닫게 된다. -그 어느 날의 나처럼 아직 회색 지대에서 스스로를 잃은 타인에게 나 자신을 강요하지 않고 어떤 것들이 '나' 자신들에게 좋은 것인지, 자연스럽게 알리고 사랑을 전달할 방법을 알게 될 테다.-

자신을 제대로 지켜야 타인도 제대로 지킬 수 있겠구나.

그리고 이하. 눈꽃송이 송골 맺힌 아름다운 가지들. 이러한 무수한 설명들이 결국 하나다. '나'를 지켜야 온 우주도 사랑할 수 있는 거.

이런 나를 누군가는 몽상가라고 할까? 그치만 그게 나 혼자만은 아닐걸.

-John lennon, 〈Imagine〉

+ 생활에서 잊지 말아야 할 팁도 하나 기록해 놔야겠다.

'내가 여기서 뭐 하고 있는 거지?'라는 물음이 들 때의 답은 곧장 집으로 들어가란 거.

침대 속으로 뛰어들면 그날이 우리에게 무진장 뿌듯한 날로, 완성이다.

in Berlin

2018.11.10. 18:39

T와 H는 보기 참 좋다!

꿈 같더라도 저렇게 지낼 수 있다면 좋겠어

너무 귀엽다

금요일은 24시간 지하철이 운행한다

2주건 3주건 너무 짧다

분명 한 달은 되어야 했어

크리스마스 마켓을 못 보게 되어 아쉽다

딱 며칠 차로

한 달은 잡았어야 했어

두 달도 괜찮을 것 같다

피나Pina Bausch 나

헬레나 알메이다Helena Almeida

소피 칼Sophie Calle 오누키 타에코Onuki Taeko

깜빡하는 것들이 많아지니까 잘 기록해 둬야지

헬무트 뉴튼Helmut Newton의 전시는 정말 좋았다

거장은 다르구나

— (겸사겸사 아라키와 모리야마°의 흑백 사진집도 샀다.)

폴 매카시Paul McCarthy 전시로 반한 떼아터에서는

그때 같은 큰 전시는 하지 않았다

○ 아라키 노부요시(Araki Nobuyoshi)와 다이도 모리야마(Daido Moriyama)

그래도 연극의 무대 연출이 아주 아주 흥미로웠다

전광판을 띄우는 것이나 거기의 편집된 영상들

심지어 랩핑! 재기발랄

독일에서 어떻게 탄츠° 볼 생각을 못했을까!

jw 덕에 알게된 좋은 공연은 솔드 아웃이었지만

그만한 것도 재밌는 경험이다

클래식 연주를 봤다

멘델스존이 연주했다던 홀에서 -그건 나에게 중요하지 않지만-

홀은 무척 멋졌고 사람들의 애티튜드도 좋았다

그래도 나는 jw 연주가 더 좋더라

작년 겨울 그 공연은 참 좋았다

jw는 따뜻하고 사랑스러운 아이다

○ 탄츠 테아터(Tanz Theater)의 줄임말. 탄츠 테아터는 1920년대에 독일에서 발
전한 특정 무용 스타일로, 춤에 연극적 요소를 결합한 형태의 공연 방식이다.
대표 작가로 피나 바우쉬(Pina Bausch)가 있다.

많은 배려를 하는 아이니까
무리하지 않도록 내가 세심히 잘 봐야 해
이렇게 좋은 아이가 곁에 있어서 행운이다

금요일 밤에도 사람들은 친절하더라

돌아가면 할 일이 많은데
우선 스스로의 철학을 올곧게 하는 작업부터 해야 한다
현실을 위해 열심히도 살았지만
이제는 다른 방식으로 살아가는 것이
미래로 연결된 것이란 생각이 강하게 들었다

모든 것을 뛰어넘는 자유로움은 미를 추구하는 것
자신이 추구하는 미를 만들고 다듬어 나가는 것
거기서 온다는 생각이 단단히 확고해졌다

Pina 나,
혹은 내가 아는 그 누군가들은 모든 것들의 위에 있다
그건 정말 멋지다

좋은
사람

내가 생각하는 좋은 사람은 이거다.

"성격은 별로인데 자기 일 잘하는 사람."

이라고 주변에서 말하는 사람.

좋은 성격에 대해 많이들 강박이 있는 듯하다. 뭐, 나 역시. 이를테면 우리가 길을 지나가다 마주친 한 유명인에게 인사를 하며 사인과 사진을 권유한다고 하자. 그 사람에게는 어떤 선택권이 있을까? 그 순간에 그 사람이 '나라는 사람은 지금 이것을 하길 원하지 않습니다'라는 생각으로 거절한다면 (정중하건 정중하지 않건) 그 사람은 여론으로부터 자유로울 수 없다.

그렇지만 글을 써 내려가는 지금에도 드는 생각은 '어째서 거절하면 나쁜 게 되는 걸까?'이다. 그렇다고 내가 그렇게 하나 묻는다면 그렇지도 않다. 나야말로 좋은 성격에 대한 강박이 있는 것이 아닌가 싶다.

나도 딱 한 번, 아침이라 퉁퉁 부은 얼굴에 거절의 양해를 구했다가 뭇매를 맞은 적이 있다. 그 이후론 더욱이 좋은 자세로 좀 더 신경 써서 무조건적으로 해내려고 더더욱 노력한다.

나는 무엇이 무서운 걸까? 아니면 내 직업은 응당 이 부분까지 일에 포함된 직업인 걸까? 어째서 모든 사람에게 친절해지고 싶어지는 걸까? 모두에게 사랑받고 싶어서? 모두에게 칭찬받고 인정받고 싶어서? 그러다 나 자신을 못 챙기게 된다면 그건 절대 좋은 게 아닌데.

나는 남들이 성격이 안 좋다고 말하며, 까칠 예민한 평판이 도는 이들을 무척 좋아한다. 대체로 그런 이들이야말로 자기 일에선 완벽을 추구하는 것 같다. 타인을 대하는 무조건적인 친절보다, 누가 어떻게 생각하건 자신의 감정을 1번으로 우선시할 수 있다는 건 그만큼 제 일에 자신감이 있어서라는 나의 추측과 근거가, 자주 내게 모습을 드러낸다. 그

리고 지금까진 경험이 그 추측을 뒷받침해 주고 있다. 이들
은 내가 되고 싶은 성향이기에 더 관심을 가지고 좋아하게
된다.

퉁하게 말하는데 자기 일은 진짜 잘하는 사람.
틱틱거리지만 할 건 다 정확히 해놓는 사람.
내가 무엇을 해야 하는지 정확히 알고 있는 사람.

아 정말 멋지지 않나.
나도 그런 좋은 사람이 되고 싶은걸.
내 용기가 부족하다면 내가 그런 사람들 편이라도 해줄
테야.
"자기 일을 그만큼 제대로 해내는, 내가 동경하는 좋은 사
람입니다만" 하고.

2021.11.12.

예전에 한참 준석 선배네에 작업하러 자주 갈 때가 있었
다. 선배님은 항상 따뜻해 보이는 갈색 카디건에 편안한 차
림을 하고 있었다. 그 카디건이 퍽 따뜻해 보여 인상이 깊었
다. 거기에 고양이 두 마리.

가끔 선배가 떠오르곤 한다.

이를테면 오늘, 오전의 루틴을 마치고 어제 개어 놓은 니
트 카디건을 가지런히 입는 나를 발견하며. (요즘 홈웨어로
꽂힌 까슬까슬하고 도톰한 베이지색 집업 카디건이다.)
아 선배도 일어나서 이런 기분으로 카디건을 걸쳤겠구
나- 생각이 든다.

고요하고 평화롭지만 하루의 시작을 위해 서랍을 여미는, 시작을 알리는 의식. 아침 햇빛. 이런 루틴이 나는 명상과도 같다는 생각이 들었다.

선배가 단단했던 건 하루를 명상처럼 지내서였구나- 하며 그 시절의 선배님과 조금 닮아 있는 나를 발견한다. 고양이 두 마리, 김포에서 살기, 매일 입는 두툼한 카디건, 쌓여 있는 책들….

신기한 일상이기도 하지. 닮을 걸 알았기에 따랐던 걸까, 따랐기에 닮게 된 걸까. 아니야 어쩌면 이 까실하고 따수운 카디건만 닮은 걸 수도 있다. 내가 선배만큼 기타를 잘 치게 될 것 같진 않아서. 이런 생각이 꼬리에 꼬리를 무는 나는 결국엔 나는 나다 싶은 거다. 그래 뭐. 내 카디건은 베이지색이었지- 하며.

그때 빌려주셨던 롤랑 바르트의 책이 아직도 책장에 꽂혀 있다.

마치
아무 일도 없었던 것처럼

2013년 입원 후 퇴원을 하고 나서, 나는 〈0·zero〉라는 노래를 냈다.

퇴원 후 피아노 앞에 앉았는데 그 피아노 리프마저 자연스럽게 치면서 만들어진 노래다. 나의 마음을 언제나 담담히 만들어주고, 나의 큰 힘과 지지대, 선생님이 되어주었던 방준석 선배랑 함께 작업한 노래. 반드시 내가 2013년 6월 6일 (나의 생일)에 발매하고 싶어 했기에 촉박한 시간 때문에 준석 선배가 정말 고생하셨다. 그렇기에 더, 너무나 소중한 내 추억이다.

상황이 어려운 걸 알지만, 부득이, 그때 내고 싶었다.

지난 나의 시간들 나를 이루고 또 날 두렵게 하는

같은 상처 반복되지 않길

나는 피하고 또 날 가두고 네게 거리를 뒀네

Goodbye to you

Goodbye to all yesterdays

Goodbye to you

우리 다시 만나는 날 그날엔

우리 지난 얘긴 않기로 해요 그래요

우리 제로부터 다시 시작해

지나온 내 시간들 나를 이루고 또 날 숨게 만들기에

더 예민하게 더 까끌하게 나도 모르게

너에게 거리를 뒀네

Goodbye to you

Goodbye to all yesterdays

Goodbye to you

우리 다시 만나는 날 그날엔

우리 지난 얘긴 않기로 해요 그래요

그대 제로부터 다시 시작해

우리 처음부터 만들어볼래

이제 지난 얘긴 않기로 해요 그래요

나도 제로부터 알아갈 거야

마치 처음 만난 것처럼 그 웃음소리까지도

우리 제로부터 다시―

우리 다시 만나는 날 그날엔

지난 얘긴 하지 않기로 해요

이렇게. 꼭, 생일에 내고 싶었다. 무수히 나를 방어하고 방어하느라 놓친 인연들, 시간들, 나의 감정들. 그런 이전의 나는 지우고, 제로부터 다시 시작하고 싶어서. 2013년 6월 6일, 내가 태어난 지 22년째 되는 날에. 내 주문이 더 잘 이뤄질 것만 같은, 선물이 안기는 날에.

그날의 소망은 잘 이루어졌을까?

[마치 아무일도 없었던 것처럼]
나는 이 말을 정말 좋아한다.
때론 내가 간절히 원하는 바를 음악에 담는 것이 아닌가 생각이 든다. 어제의 아픔에 움츠려 가드를 올리는 것이 아닌, 그 또한 나의 영양제로 받아들여 곧은 자세로 어깨 힘을 빼고 서 있는 것. 0·zero처럼, 어느 날은 아직 먼 듯하고, 어느 날은 그러하게 지낸 듯하고.

가끔 나도 모르게 하악질이 나올 것 같을 땐 한 번 읊조리면 된다.

이건 정말 효과적인 주문이다.

[마치 아무 일도 없었던 것처럼]

이렇게 조그맣게 입술 밖으로 읊고 나면, 상쾌한 자신감이 바람 되어 내 안으로 불어온다.

오늘의 나도, 내일의 나도, 그렇게 괜찮을 것만 같아.

마치, 아무 일도 없었던 것처럼.

제로라는 곡을 떠올리면 드는 생각이 있다. 이 곡이 '나'를 잃어버렸던 시절, '나'를 찾는 시작점이 되어줬단 것. 마치 정말, 0·Zero처럼. 내 안에 잃어가던 '나'를 다시금 밖으로 꺼내볼 수 있었다. 방준석 선배는 그런 프로듀서였다.

환경에 대한
I와의 대화

환경.

환경으로 인해 변하거나
변할 수 없는 사람들에 대해 우린 이야기를 나누었다.

이를테면

J 그 사람은 정말 달라진 거 같았어. 기운이 좋았는걸.

I 음. 근데 나는 그거 잘 믿을 수 없어. 아무리 그 순간 변
    했어도 그 사람을 둘러싼 환경이 결국 그 사람을 다시
    되돌려 놓을 거야. 그 환경은 여전히 같잖아. 환경이
    계속 그 사람을 압박하고 조여올 텐데 좋은 기운을 유
    지하는 게 쉽겠어?

J 그게 어떤 얘긴지는 알아. 정말 쉽지 않지. 그래서 우
   리가 그렇게 새로운 환경을 위해 발버둥 치는 건가.

I 응. 오랫동안 그 환경에 놓이면 결국엔 환경이 그 사람
   을 만들어버리잖아.

J 응, 그 사람 탓이 아니야. 어떤 시기가 되면 벗어날 수
   없는 책임감과 환경에 놓이게 되잖아.

혹은

I 얼마 전 옆자리에 앉은 사람이 극도로 예민하고, 불안
   함에 엄청 센 척하는 걸 보면서 여러 가지를 느꼈어.
   나 자신이 컨트롤할 수 없는 환경에 오래 노출되면 아
   무래도 결과는 다들 그쪽인 것 같아.

J 자기 체면이 너무 중요한 것도 아픔 아닐까? 센 척하는
   건 항상 안 좋은 결과를 가져오는 거 같아.

I 어. 그러고 보니 그러는 게 좋은 결과를 가져오진 않는
   거 같아. 센 척하면 오히려 반발을 사게 되고 상대 기
   분까지 안 좋아져서 좋을 환경까지 안 좋아져. 그건 정
   말 현명한 게 아니야.

보수

-이건 누구를 위한 거지? 라는 생각이 든 순간 내 안에서 빠져나간 게 있다.-

나는 아기 때부터 교회에서 자랐다. 자고로 교회란 사랑과 은혜로 가득한 곳. 그러나 그만큼 많은 통제도 있다. 평생 교육 관련 일을 해온 엄마도, 그리고 엄마가 자라온 그 시대의 규범까지도. 이러한 것들은 그대로 내게 내려와 내가 하지 말아야 할 것들과 감춰야 할 것들을 너무도 많이 만들어놓았다. 그것들을 머릿속에서 행하려 하는 것 자체도 전부 나의 죄가 되던 그 십자가, 작은 나의 집. 나는 그렇게 자랐다.

지금에서는 이게 단지 그 시대의 문제인지, 아니면 본디 한국 문화에 남아 있던 습성인지, 별개로 그저 종교의 특이성인지, 혹은 종교가 한국에 들어와 융합되며 만들어진 새로운 색인지, 실은 그 모든 것이 그저 내가 있었던 곳의 환경일 뿐이었는지. 정확히 확신할 수 없다. 그러나 어찌 됐건 내가 그 영향을 많이 받으며 자랐다는 건 확실하다. 욕을 한다거나 섹슈얼한 생각 자체가 내 머릿속에 잠시라도 떠오르면 그건 내 원죄였다.

생각해 보면 그 어떤 '사람'이 그것들에서 온전히 자유로울 수 있겠냐고. 그러나 나는 그러한 생각들이 조금이라도 나를 찾아오면 호되게 내 안의 나를 채찍질했다. 내 죄를 용서해 달라고 매달려 기도했다. 모든 것을 무쇠 같은 방패로, 기도로 이겨낼 수 있는 사람이 되겠다고, 되게 해달라고 빌었다.

자라온 환경 그대로 나는 옳다고 내게 전해지는 것만이 옳다고 생각하며 자랐다. 그러니 내가 해온 매일은 내게 옳은 일이었고, 회개와 내 죄를 향한 기도는 매일의, 식사보다도 먼저 지켜지는 내 일과였다.

욕설을 비롯해 가슴골이 파인 옷이나 몸을 너무 드러내는 옷을 입는 건 수치였다. 남사스러운 일이라서 절대 벌어지면 안 되는 일이었다. 특히나 이런 외적인 부분에 관한 건 비단 내 자라온 환경뿐 아니라 내가 마주하던 작은 사회들- 초등학교, 중학교, 그리고 당시 학생들과 선생님들에게서도 마찬가지였다.

다시 나는 확신할 수 없다고 말한다. 이 원인이 부모로부터 전해진 이전의 시대인지, 내 가족만이 가진 독특한 교육 방식인지, 종교의 영향인지, 내가 자라온 시절의 특성인지. 이도 아니면 그 시절 원래 학교를 포함한 모든 곳이 우리를 그렇게 가르치고 있던 건지. 여전히 무엇이라고 자신 있게 말할 만한 답이 내려지지 않았다. 그렇지만 나와 나의 주변, 내가 아닌 많은 사람들도 이것에 영향받았다는 것은 또한 확실하고, 이것은 그중 나에 대한 이야기이다.

나는 자꾸만, 언제나 그 사람 있는 그대로를 인정해 주고 싶다. 이건 내 천성일 수도 있지만, 내 환경이 나를 더욱 그러한 사람으로 자라도록 부추긴 것도 사실이다. 어린아이라고 해서 무엇도 모르는 건 아니다. 나는 어린아이일수록 실은, 그 누구보다도 눈치 빠르게 알고 있다고 생각한다. 많은 편견이나 상처, 방어 기제가 아직 쌓이지 않은 채 공기로만 세상을 읽어보니까.

남들과 다른 나를 드러내지 않고 숨겨야 하는 일(튀는 것이 잘못된 일), 그 옷이 예쁜지 안 예쁜지에 대해 감상할 겨를도 없이 속살이 보이는 옷이면 손가락질받을 악한 옷이 되는 일, 그것들에 자꾸만 의문이 생겨나는 나. 이런 나는 왜 이렇게도 매 순간 죄가 많은 아이인 건지에 대한 의문.

당시 나는 나를 둘러싼 환경 외에 다른 세계가 있다는 사실조차 알지 못했다. 그러나 나의 본능은 이것들이 어딘가 이상하고, 상처 입지 않아도 되는 나를 상처 입히고 있다는 걸 알아차렸다. 그랬기에 이러한 이해 불가능한 통제는 어느 순간부터 나에게 큰 불편함으로 자리 잡았다.

예술 계통 일을 직업으로 삼겠다는 나에 대한 엄마의 반발이 심한 만큼, 나의 성전인 곳에서 그 모든 성性적인 것은 잘못됐다고 이야기하는 만큼, 나는 그곳으로 향해 진실이 뭔지 보고 싶었다. 그리고 나의 마음엔 그것들이 절대 나쁜 것이 아니라는 생각이 자꾸 차올랐다.

나는 자퇴를 하고 음악을 선택했다. 나중엔 욕도 한마디씩 하게 되고 욕 한마디 한다고 세상에 지진이 나거나, 나에게 건물 조각이 쏟아져 내리는 일은 없다는 것도 알게 됐다. 때론 한마디씩 혼잣말로 하는 욕은 스트레스나 매번 참고 살아온 이들에게는 도리어 건강에 도움이 될 수 있다는 느낌도 강하게 받았다.

옷은? 그렇다면 보이는 것은?

오랫동안 교회 안에서 자라온 내가 어떤 과감한 옷을 입었을 리는 없었겠다만, 열여덟 살 때부터 나는 더 옷차림(비침이나 길이감)의 사소한 하나하나까지 체크하게 됐다(나는 열일곱 살 겨울에 -살결 하나 보이지 않게 꽁꽁 싸맨 옷차림에도- 기분 나쁜 일을 겪었고 그것은 많은 사회의 인식이 아직도 그러하듯, 늘상 그랬던 것처럼 나의 수치로 작용해 옷차림에 더 신경 쓰게 됐다). 그리고 눈을 뜨니 나는 갑자기, 내가 자라온 환경보다 훨씬 많은 것이 개방돼 있고 열려 있는 곳에 (스무 살 첫 오디션 프로그램 이후) 어느 순간 갑자기, 그곳에 불뚝 솟아난 양 자리하고 있었다.

그렇게 준비 없이 시작된 사회생활이 처음엔 그저 스트레스였다. 특히나 화보 촬영에서의 노출은 내가 그때까지 감당

해낼 수 있을 거라 예상했던 수준을 훨씬 뛰어넘었고, 이 일들은 내게 주어진 상황에 따라 자유롭게 변경될 수 있는, 아주 유동적인 일 중 하나였다. 처음 내가 단 한 번도 생각지 못했던 노출을 하게 됐을 때, 그날 나는 헛웃음 나오게도 편의점에서 소주 두 병을 사서 집으로 들어갔다. 나를 탓하는 건지 타인을 탓하는 건지 도무지 원인 모를, 그러나 그 막대한 양의 어마어마한 수치에 퍼 잠겼다.

그 일은 내 발끝부터 머리끝까지, 스스로를 징그럽게 여기도록 만들었다. 내가 자의로 행보를 선택하는 사람이라는 이미지는 그날의 모든 일을 스스로 원해 선택한 것처럼 보이게 만들었고(그러나 우리네 사회에서는 사회 초년생이 선택할 수 있는 게 얼마나 있으랴), 그 순간 나는 말할 곳 없는 내 상황이 갑갑했다.

간만에 학교에 갔던 날 마주한 수군거림과 왜 그런 선택을 했냐는 염려의 말들 역시. (미안. 난 여기서 여전히 강하지 못하다. 당시 학교는 사회생활이 시작되기 이전의 나를 기억하는, 내 가장 큰 안식처였다. 지금도 돌아보면 가슴 욱씬쓰리다.) 원하지 않는 일을 하게 됐는데 그것이 내 책임이 되어 돌아올 때. 그러한 것 하나쯤이야, 기대 없었다 하고 보내버릴 수 있다. 다만 예전부터 나를 알아온 이들에게도 그동안 직접 봐온 내 모습보다 매체로 보이는 것들과 인터넷 기사들이 더 믿기 쉬운 것임을 내 눈으로 봤을 때, 그건 정말 쓸쓸하고 씁쓸하며 외로웠다.

(지금 생각하면 별것 아닌 사진 하나. 이제라면 '네가 그렇게 생각하든 말든' 쳐낼 수도 있는 시선. 외로움을 잘 느끼지 않고 외롭다고 말하는 것도 우스갯소리로 던지는 나라고 자신했건만 생각해 보면 그토록 확실한 외로움을 느낀 적이 없다. 10년이 훌쩍 넘은 일이건만 마지막으로 느낀 강렬한 외로움이다. 그래. 그날들을 기점으로 나는 타인의 말에 내가 영향받지 않도록 나를 단련할 수 있었다. 연약한 살에 딱지가 앉았다 떨어지면, 새살은 갑옷처럼 좀 더 단단해진다.)

결국엔 내가 살이 드러나는 옷을 입고 사진을 찍었다는 행동 자체가 견딜 수 없게 수치스러웠다. 결국엔 내가 그렇게 했으니 이렇게 된 것이 아닌가 생각했다. 이전 같았으면 그렇게 그대로 정해진 듯 내렸을 결론이 이때는 새로운 의문과 함께 모습을 내보였다.

왜? 내가 대체 뭘 잘못한 거지? 안 입을 거 같은 옷을 입었다고 수군댈 만큼 잘못인가? 그보다도 먼저, 나는 왜 죄책감을 느끼지? 그런 옷들을 향해? 그런 옷들을 입은 것에 대해? 왜 속살이 보이는 옷이 잘못된 거지?

나는 이 질문이 나에게서 튀어나온 그 시기의 내가 좋다. 지금 쓰면서도 이 질문들이 아주 좋은 질문들이라 느끼고, 이 질문들이 내게서 나왔다는 것에 기분이 아주, 좋다. 내가 그 수치를 몇 개월, 몇 년 끌지도 않고 곧바로 이 질문들로 다다랐다는 것도 무척, 뿌듯하게 맘에 든다.

이게 '변환점'이라 부를만한 무엇이 아닐까.

실제로 변환의 시작이었다.

나 자신에게 질문을 던졌다. 그렇게 어릴 적의 나에게 던져지던 질문은 빠르게 당시 그 나이, 그때의 나에게 건네는 질문으로 도달했다. '왜 나는 사진이나 옷을 먼저 보는 게 아니라 이게 내 살의 노출이 될까부터 걱정해야 할까?' 질문은 여기까지 다다랐고 빠르게 (변화란 것도 인지하지 못한 상태로) 그것은 곧바로 내가 가지고 있던 고정 관념을 통째로 들어내 세계에서 완전히 없애버렸다.

이 옷이 왜. 이 사진이 왜.

이때부터 판단의 기준은 '나'이고, 나의 판단 기준 또한 내 신념보다 아래에 둔다는 게 내 세계에서 새로 태어난 법칙이다.

나는 창작을 사랑하고, 아름다운 것을 사랑하며 아름다운 사람이 되고 싶다.

이때부턴 긴 문장이나 남길 이야기가 별로 없다.

나는 지금도 그걸 토대로 선택하고 움직이고 결정한다.

남들의 수군거림이 어떻건 내가 보기에 자신만의 아름다움을 추구하는 방향이거나, 그 철학이 확실한 (거기에 그 철학이 나의 신념과도 크게 다르지 않은) 창작품이라면 나는 이제 다른 염려 하나 보태지 않고 내 마음에 부합되는 것을 진행한다(어느덧 시간이 흘러 내 일을 직접 선택하는 일들이 생기게 됐다). 더 간단히도 내가 보기에 아름다운 것이면 나는 한다. 이 간단한 것을 왜 진작 결정하지 못했던 거지, 싶다.

나의 보수적임은 대체 누구를 위한 보수였을까? 이젠 내가 보기에 그 옷이 예쁘면 입고, 여기서 무언가를 가리려고 신경 쓰는 게 내게 멋지지 않게 느껴진다면 나는 가리지 않는다.

누구 좋으라고? 라면, 당연히 나 좋으라고.

사진 촬영은 음악과는 또 다른, 때론 그보다 더 많은 것을 드러낼 수 있는 작업이라 생각한다. 얼마만큼 파이건 어떤 색이건 어떤 문구가 적혔건 입으면 어떤 모양이 되건 그것의 서사가 납득되면 나는 받아들일 수 있다. 지금의 나는 그 사진이 표현하려는 바에 필요하다면 '신체 노출이 왜?' 하고 직접 할 수 있다. 몸이 뭐, 별건가. 내 것이고, 내 것이니까 소중한 거고, 그러니까 남이 평가하도록 두지 않고 내가 평가하는 거다.

나 자신을 직접적으로 드러내며 표현하는 방식을 좋아하지 않는 만큼 나는 유혹이나 구애의 모양을 굳이 많은 이들이 볼 수 있는 곳에 알려야 하는가에 대한 생각이 있다. 그런 유혹이나 구애 형태의 섹슈얼함은 내게는 너무나 사적인 것으로 느껴진다만, 내 직업의 몇 가지 특성이 내게 그런 점을 기대하게 만들 수 있다는 것도 이해한다. 그러나 확고하게 나는 여기 새겨놓을 수 있다. 나는 그런 섹슈얼함에 어떤 의무감도 느끼지 못한다. 그러나 그것의 결이 내가 생각하는 아름다움과 상응하는 부분이 있다면 나는 오늘도, 내일도 고민 없이 할 거다. 내 신념보다 옷(매개체)이나 사진으로 인해 남들이 수군댈지를 왜 먼저 생각해야 할까. 그런 날은 오래전, 오랫동안 해왔고 내게는 어느 무엇보다 나를 상처 입히는 일이었다. 이것에 대한 선택과 변화가 삽시간이었던 만큼 이전의 나는 기억에 남겨두지도 않았다.

거대한 세계·사회에 갑자기 놓이게 됐을 때, 갑작스럽게 자신이 노출됐을 때. 물론 수많은 일이 쉽지 않았지만 이러한 순간엔 그 어떤 불평, 불만도 가질 수 없게 된다. 내가 그로 인해 알게 된 새로운, 이토록 나에게 이롭고 선한 것은 이전의 내가 볼 수 없던 것들을 수없이 늘어나게만 해주는데. 거기에 내 행동이 사람들의 생각과 시야에 찰나의 의문이라도 던질 수 있다면 그걸 하지 않을 이유가 있나.

나의 궁극적인 바람 하나는, 나와 비슷한 그 수치와 죄에 시달리는 이들에게 의문을 던지는 것이다. 내가 누군가로 인해, 그리고 그 누군가들의 새로운 문화들을 접하며 나를 그 요상한 아픔 온탕에서 구출해 낼 수 있었듯.

말장난을 좋아하는 나는 이날의 나의 변화에 대해 이렇게 말할 거다.

"이거 정말. '보수◦'를 내보내고 새 '보수◇'를 받았다니깐."

꼭 받으라고 여기저기 권유해 보고 싶은 상당히 괜찮은 '보수'이지 않나.

스스로가 스스로의 히어로가 되는 건 아주 아주 괜찮은 기분이다.

◦ 보수(保守): 보전하여 지키다.
◇ 보수(補修): 낡게 부서진 것을 손보아 고치다.

담백해야지

2016.04.08. 01:03

인생에 꼭 그렇게 원대한 계획만 있어야 하나

아무것도 아닌 목표라 해도

분명한 방향만 있다면 계속 승리하는 기분을 느낄 수 있어

자꾸만 남들에게 보여주기 위한

'내가 이런 사람이야'라고 보여주기 위한

그런 방향으로 가니까

힘들어지고 불안해지고 느끼해지고 그러는 거잖아

욕심이란 게 좋은 욕심이랑 보기 흉한 욕심이 있어

굳이 그렇게 하지 않아도 너는 특별한 사람이야

삶이 자꾸만 답을 정해버리려 할 땐

머물지 말고 여행을 떠나자

빈속 채우지 않고 자꾸 드러내게만 된다면

우리만의 단어로 알려주자

느끼해지지 말자

그렇게 우리는 뭉쳐 있지 않는 어른이 되자

담백하자 계속

사랑에 빠지는
과정

글을 쓴다는 것

나는 되도록 많은 시간 글을 쓴다는 것이 얼마나 위험한
가에 대해 생각한다. 나에게 있어 글을 쓴다는 건 감정 한 가
지를 그 꼭짓점 있는 끝 그 끝의 끝까지 양껏 한껏 밀어붙이
는 것을 의미하는데, 그렇게 밀어붙이다 보면 파이고 파인
땅에는 꼭짓점이 닿는 그 끝, 점 하나만 남게 된다.

모든 일이 그러하듯 상황을 점 하나만으로 바라보게 되면
전체를 바라보기 힘들어진다고

하물며 거기에 더해

하나의 감정이 일례 없이 커지는 일까지 발생한다.

이를테면 이런 거다.

내가 누군가가 좋아. 자 좋다고 쳐.
(여기부터 벌써 흥미롭지 않은가?)

누군가를 '좋아한다'는 감정이란 건
진득하게 들여다보지 않아도
쉽사리 생겨나는 쉬운 감정이 결사코 아니다.

아 좋다 아 멋지다 아 예쁘다
하고 나서 후루룩 지나가면
내가 그 사람을 좋아하는지 인지하기조차 어렵다.
그래서, 사는 게 너무 바쁘면 누구 좋아하기도 힘들다고.
각설하고

뭐지? 방금 나에게 '좋다'라는 감정이 스쳐 지나갔어
이건 뭐지? 왜지?

이렇게 자꾸 들여다보고 되뇌다 보면

바쁜 일상에 석 달 걸쳐 빠질 거

하루 단번에라도 빠질 수 있단 거다.

글을 쓴다는 건.

멋진 사람이네, 그러건 저러건 나는 우선 내 할 일 좀 해

볼까? 아 하늘 이쁘다

이렇게 지나갈 감정이

멋진 사람이네, 아 멋지다. 멋져. 왜 멋지게 생각하는 거지

왜 그런 거지? 왜 그랬던 거지?

이렇게 붙잡고 있게 되니

오늘 온종일 그 사람 생각만 했네

뭐지 나 왜 이렇게 자주 생각하는 거지

내가 설마설마하니 그 사람을 좋아하는 건가?

이렇게까지 흘러간다더니

다음 날 그 사람을 우연히라도 마주치면

쿵! 하고 그것은 감정의 전야, 와르르 왁자지껄한 시작.

글을 쓴다는 건.

돌이켜보면

잠시의 호감으로 지나갈 사람들이 참 많았는데.

그 말인즉슨

글을 쓰다 커진 감정도 많았다는 거다.

정말 좋아했던 걸까?

아니면 작업을 위해 감정을 파고 파고 파다 보니

시야가 그 감정의 점밖에 못 보게 돼

찰나 지나갈 감정을 거대한 열기구 풍선처럼 느꼈던 걸까.

하나의 감정만 바라본다는 건

정말이지 아 벌써 한숨에 고통이다.

고통스럽지만 나는 오늘도 쓴다.

(글이야말로 정말 통증 같은 저릿한 쓴맛.)

그야 머릿속에서 수없이 단어들이 뇌리를 치니까.

또한 서른다운 말을 덧붙이자면

먹고살아야지 별수 있니.

글을 쓴다는 것 2

또에 또한 하고 보면

나는 요즘 항상 한마디를 덧붙이더라.

내가 너무 우월에 심취한 인간 같을까 봐.

도대체 그런 풍토는 언제 자리 잡은 거야?

진지하게만 사는 것도

자기를 예술가라 일컫고 그 삶에 충실한 것도
그거대로 절대 나쁜 게 아닌데 말이지.

이것에 대해선 다음번에 써보도록 하자.

이렇게도 쓰고 쓰고
쓴
위험한 내 인생
허 거참. 그럴싸, 단정한 글씨인 척 잘도 올려 써간다.

*

글을 쓴다는 것 3

현재 6개월 후.
글쓰기의 즐거움에 홀딱 빠져버린 글들이
내게서 마구잡이로 나오고 있다.
이럴 수가. 변화란.

이렇게 변하는 내 모습을 보고 있자면,
감정을 뚫어지게 보는 게 꼭 나쁜 일일까.

시원히 느끼고 시원히 내보낼 수 있으니
그 나름의 좋은 방식이기도 하다.

양면성, 양면성.
아, 글쓰기의 양면성.

호랑이

가정에서 싸움은 흔한 일이었다.

적어도 오빠하고 나에겐.

어릴 적 그렇게 무섭고 나를 두려움에 떨게 만들던 아버지의 요즘 모습은 산골짜기 어흥, 소리마저 매캐해진 나이 지긋한 호랑이와 닮았다. 젊은 시절, 무림의 왕 태백의 왕이었건만 들어가는 나이에 힘을 잃고 골방에 무릎 하나 기대앉은 (왠지 긴 담뱃대로 담배를 태우고 있을 것만 같다) 윤기 있던 털이 축축 처져 이전의 기상은 보이지 않는 호랑이. 무섭기보단 저거 저, 저. 잘 걸을 수 있을까, 밥은 잘 씹어먹는 건가, 저리 구부정하게 허리 펼 힘도 없나? 혀를 차며 안쓰럽게 보게 되는 오래된 산골짜기 노호.

아빠를 딱히 미워한 적은 없다. 되려 무섭고 피해야 할 존재라 생각해서 도망가야 한다, 집에서 탈출해야 한다, 이렇게 생각했다고 하는 쪽이 더 맞겠다. 그러다 보니 기대가 사라져 아빠에게 응어리진 감정 역시 하나도 없게 됐다.

어릴 적 아빠는 '말'이 없었다(과묵하다기보단 그냥 말을 잘 안 하는 말이 없음이다). 아빠는 내가 다섯 살 꼬맹이 시절까지 나를 무척이나 예뻐했다고 한다. 나도 어렴풋이 아빠 손을 잡고 저녁 놀이공원 앞을 가보고, 엄마 몰래만 먹을 수 있는 아이스크림을 아빠 옆에선 잔뜩 먹었던 기억이 난다. 나에게 그건 기억 속 몇 번의 짧은 찰나다. 이후에 집이 어려워지고 아빠와 엄마의 사이가 틀어지며, 어린 우리가 알 수 없는 여러 가지 무언가가 오고 가며 오빠와 나는 아빠를 무서워하게 됐다.

아빠는 갑작스럽게 화를 내곤 했다. 자연히 오빠와 나는 긴장 상태로 지냈다. 집은 편히 쉴 수 있는 곳이 아니었다. 언제 날벼락이 떨어질지 몰라 바깥보다 무서운 곳이 내가 들어가서 자야 할 집이었다. 가끔 식탁이 뒤엎어지는 날엔 모든 것이 떨어져 내리는 지진이 온 날이다. 튀겨나가는 김칫국물, 깨진 시계의 분침 조각, 아스러진 유리그릇들.

그 앞에서 엄마는 그저 연약한 존재로 얼마나 많은 부서짐을 감당했던지. 바라봤던지.

아빠는 어떻게 그렇게 오랫동안 무서운 사람으로 있을 수 있었을까.

어떻게 그렇게 오랫동안 아빠가 무서웠을까.

아빠란 마주치면 조용히, 그리고 재빨리 방 안에 숨어야 하는 존재. 언제 그 송곳니가 파고들지 모르는, 그 바위 같은 앞발에 모든 게 금방이라도 부서지게 하는 존재. 어떤 예고도 없이 찾아오는 벼락같은 존재. 우리를 밟고 그 위에 올라간 정글의 왕, 호랑이.

초등학교 2학년 때 짝꿍 연경이가 "오늘 아빠가 성경 책으로 장난을 치며 깨웠다"고 했다. 연경이가 늦잠을 자느라 일어나지 않으니 아웅다웅 투덕거리며 연경이를 귀여워하며 깨웠다고 말이다. 이 쉬는 시간의 사소한 대화가 여전히 뚜렷한 기억으로 남아 있는 건 당시 내가 꽤 충격을 받았기 때문이다.

'아빠가, 심지어 장난을 치며, 애칭을 부르며 아침에 깨워 준다고…? 아빠가 그런 모습도 할 수 있다고?'

내게 아버지란 나에겐 말 한마디 건네지 않고 언제나 같은 자리에 앉아 신문 읽고 있는 모습, 갑자기 크게 화를 내는 모습, 그게 다인데. 내가 보고 자란 아빠의 모습을 보며 자연히 아빠들은 이러한 존재구나 생각했다. 그러나 초등학교에 다니며 알게 된 친구들의 아빠는 내가 알던 모습과 아주 달랐다. 부럽다는 느낌도 없었다. 그런 자상한 아빠의 모습을 머릿속에 뭔지 그려볼 수도 없었으니. 조금도 상상되지 않는 모습이었다.

그러나 조금씩. 내가 아는 형태와는 다른 아빠들이 있다는 것을 인지하게 됐다. 그건 우리 집 가족사진의 액자가 얼마나 삐뚤게 걸려 있는지를 깨닫게 해줬다.

지난날 기억을 더듬어 내려가면 호랑이 같은 모습이건만, 지금의 아빠를 떠올리면 조용히 거실에서 빨래를 개거나 몇몇 집안일을 하고 있다. 오빠와 내가 커가는 와중에 엄마가 아주 크게 앓은 적이 있는데 그때부터 아빠가 집안일을 하나씩 돕기 시작했다. 아빠는 나이가 드는 만큼 그 성정이 약해지고 있었고 거기에 엄마까지 크게 아프니 엄마의 소중함을 알게 된 거지 싶다.

누군가에겐 집안일 하는 아빠의 모습이 생소하다면, 오빠와 나에겐 (다정한 아버지의 모습이 없는 대신) 집안일을 하는 아빠의 모습이 있다.

요즘 아빠는 그 등이 많이 수그러졌다. 세월만큼 건강이 예전 같지 않다. 아빠는 가끔 내게 하트 이모티콘과 보고 싶다는 귀여운 문자를 보낸다. 아빠는 내 어릴 적에 알던 그 모습 하나 연상되지 않을 만큼 변했다. 가끔 마주하는 (작아진 채 앉은) 모습을 보며, 나이 든 호랑이를 떠올린다. 젊은 시절엔 그 기개가 천리만리로 떨쳤건만 이제는 세월이 지나 약해지고, 늘어진 가죽에 그만큼 느려진 움직임, 어딘가 안쓰러워 보이는 노호. 왜인지도 모르겠건만 안쓰러워 보이는 노호.

세월은 많은 것을 변하게 만든다. 누군가를 미워하는 마음 역시 부질없다는 생각이 들었다. 세월이 흐르고 나이가 들며 약해지는 것은 누구도 피할 수 없다. 위협이 되던 이가 그때 그 모습 하나 보이지 않은 채 자리에서 물러나 있다면, 그건 그거대로 나의 마음을 슬프게 한다.

이제 내가 떠올리는 가족은 나와 매일 통화하며 수다를 떠는 친구 같은 엄마와 피로할 때도 나만 보면 두 눈이 잔뜩 휘어지게 웃는 귀여운 아빠의 얼굴이다. 이들 위에 함께하고 있는 오빠와 나를 향한 희생과 세월에 감히나 이들을 미워하는 게 가능이나 할까 싶다.

우리 집 액자는, 바로잡아진 것일까?
아니면 삐뚤어진 그 모습 그대로 끌어안을 수 있게 된 것일까.

아빠는 이제 누구에게도 위협적이지 않은 호랑이다.
기운이 넘치기에 화도 낼 수 있던 호랑이는, 이제 없다.
나는 이 노호를 보면 가슴이 아릿하고, 다가올 시간이 두렵다. 아빠의 시간이 길었으면 좋겠고 아빠가 아프지 않았으면 좋겠다.
나는 아무래도 역시, 아빠를 사랑하는 듯하다.

피시방

만화책 피시방 컴퓨터 두 대 자전거,

오빠와 나,

아파트 뒤쪽 후미진 길을 돌아가면 나오는, 아직은 알려지지 않은 사양 좋고 손님은 별로 없는 쾌적한 피시방.

나를 챙기는 게 가끔은 귀찮았는지 네발자전거 탄 나를 훨씬 앞질러 가버리던 오빠의 두발자전거. 그래도 포기하지 않는 나의 두 발재간은, 무사히 오빠와 같은 장소에 나를 안착시킨다.

아무리 그래도, 나도 오빠 따라서 게임할 거란 말이지.

나는 게임을 수월하게 시작한다.

먼저 하고 있는 오빠를 따라 오빠 하는 게임만 하거든.

그럼 좋은 스텝의 캐릭터를 만드는 답안지도 나는 미리

알 수 있지.

레벨 올라가는 속도도 빨라서, 지루하다는 게임의 시작 단계는 내게 훌쩍 지나간다. 오빠는 퉁퉁거리면서도 아이템도 챙겨주고 사냥도 도와주거든.

그래도 나 두고 피시방 가려고 한 그날은 잘 기억난다.
챙겨주면 덧나나. 심술부리긴.

뜨문뜨문 모이는 가족들 사이 요즘의 나는 오빠를 만날 때면, 여전히 오빠가 하는 모바일 게임을 따라 내려받는다.

게임에서 오빠를 만날 때면 그렇게 든든할 수가 없다.
이젠 아이템 빨리 주라고 당당하게 요구도 잘한다.

이럴 때 오빠가 있는 게 좋더라니깐.

옳거니

느끼한 것은

'나는 이런 사람이야!'라고 보여주기 위한 행동에서

느껴지는 거

느끼한 사람과 담백한 사람의 차이를 찾았다.

연막작전   2016. 08. 11. 23:58

하나 위에 하나를 덧씌운다.
진솔한 건 그 안에 뒤섞여 보이질 않아

시간이 새로운 습관을 만들어줄 거야

하나를 채우면 또 하나를 얹어야 하니까
부디 아무것도 채우지 말길

시간이 새로운 습관을 만들어줄 때까지

연막 1   2016. 08. 11. 23:59

연막 하나 얹어
덧씌우기
중

어느 곳에도 아직 보이지 않은,

전시 준비 일기   2021.06.03. 05:18

내가 우월 의식이라는 주제를 택했을 때 많은 이들이 내가
내 직업군에 관한 이야기를 할 거로 생각했을 것 같다.

그러나 예상치 못하게, 의외로, 혹은 역시나 나는 내 직업에
어떤 특권 의식이나 우월 의식은 가지고 있지 않다.

대체로 많은 이들이 연예인, 뮤지션, 예술가들을 그런 시선
으로 바라본다는 것을 나는 꽤 최근에야 실감했다.

(솔직히 지금도 이 직업군의 어떤 면이 우월하다는 것인지 고개
가 갸우뚱해진다. 사람 사는 세상, 사실 들여다보면 다 똑같지
않나.)

그리고 그만큼이나 실제로 내 직업군의 꽤 다수가 우월 의
식을 가지고 살아가고 있다는 것도 안다.

그러나 그건 그 사람의 문제다. (스스로가 사실은 너무나 부족하다고 느끼는데 그걸 받아들이기엔 너무 아프니 어떤 권위를 만들어내 남들을 자신 밑으로 보며 그 쓰러질 밑동 위에 앉아 있는 거다.)

나는 그걸 평가하는 자의 우월 의식을 들여다보고 싶다.

정말 논리가 있는 정당한 비판인지,
아니면 익명 뒤에 숨어 내가 널 평가할 수 있는 사람이야
라는 권위를 만들어 거기 앉아 있는 것인지.

이러니 이러니 해도

결국엔

이러니 해서

[3집]

인연의 실

HH

내게는 두 명의 H가 있는데

한 명은 2014년

한 명은 2017년에 시작된 인연이다.

A에게 고마운 점은 무대 공포증이 조금 완화됐다.

자신을 들키지 않으려고 만들어낸 누가 봐도 연극적인 그 친구의 기이한 가면이 이 한 면에서는 나에게 도움이 됐다.

나는 H에게 연락하고 싶다는 충동에 자주 휩싸이곤 했다.

오랫동안.

그러나 하지 않는 것은

모르겠다.

H랑은 평범한 어떤 연애하는 것의 방식에 들어가기 싫다.

더 이상 뭔가 이끌어갈 에너지나 자존심도 없는 것이 사실인데, 조마조마하게 기다리고 닦달하고 초조하게 끌어가는 그런 관계는 정말이지 지겹다.

H와는 너무 많은 감정을 쌓아와서 나는 이 이상의 아픔에 나를 던지고 싶지 않다.

H는 내 가장 찬란한 기억의 어떤 부분이었건만
평생 그렇게 각인되리라 생각했건만
지금은 그조차 일상의 빛에 바래 희미하다.

H는 그냥 나에게 미안해하는 것 같다.
한때 좋아했던 애인데 어느 정도 아련함은 있겠지.
있으려나
없을라나
그래, 있네.
지나온 마음들 바라본 마음들이 많아지면
한 발짝 떨어졌을 때 누군가의 마음도 언뜻
그 속이 비친다.

때때로 H가 나를 기다리거나, 그리고 있다는 걸 알아도
나는 먼저 움직이지 않으려 그것들에게서 고개를 돌린다.

H가 내 맘의, 내 시선의 특별함을 알면 좋겠다.
알고 있음 좋겠다. 알게 되면, 알아주면 좋겠다.
이건 어디서도 보이지 않는 반짝반짝이는 거라서
자꾸 생각났으면 좋겠다.
내가 좋은 영향을 줬니?

——————= - ——— — — — -

내 인연의 실은 오래전에 뒤섞였으니,
각 H의 순서에 대해서는, 누군가에게 그 판단을 맡긴다.

〈인연의 실 HH〉에 알파벳 오타는 없습니다.

전화보단
문자

전화보단 문자가 좋다.

전화가 걸려오면, 뚜루루, 그 이상의 내 마음을 전하고 싶
어도 자꾸만 얼떨떨 나오지도 못한 채 마무리되곤 한다.

나는 분명, 이런 말을 하고 싶었는데.

아까 분명 이런 감정이었는데.

나처럼 전화가 긴장되는 사람들이 있을까?

나의 동족이 있다면,

이 서툰 종족에게 스티커를 하나 붙여주면 좋겠다.

우리는 전화보단 문자가 좋은 사람들이야.

여기 스티커, 이렇게 배지도 달았잖아.

그러니 내가 전화를 받지 않더라도 오해 말아줘,

내가 전화를 걸어오는 너를 이해하듯.

모순

너 너무 좋은 사람으로만 남으려고 하는 거 아냐?

이 질문이 나에게 고개를 들 때,

나는 내가 모순으로 가득한 인간이라고 느낀다.

사람은 입체적이니 곧바로 답이 나온다.

내가 내 글들을 돌아보면 모순이 너무 많을까 봐 좀 겁난다.

하나하나 전부 집어 그것의 모순들까지

더해낼 수 있을까 봐 겁난다. (분명 내 성격엔 그리하리.)

겁난다면서도 딱히 돌아보진 않는다.

이부터가 모순.

그럼 나는 이런 문장에 숨어볼 수도 있겠다.

이 책엔 진실과 허구가 함께 있습니다.

사랑?

　나는 본 적이 없다. 남녀 간의 연애(사랑, 부부의 결혼 생활)에 대해 긍정적인 평을 내리는 (기준: 나보다 오래 살아온 이들) 것을. 이런 생각도 든다. 몇 번의 연애 끝에. 대체 이건 매번 왜 이리 내 에너지를 뺏어가는 건지, 대체 이런 것들이 무슨 의미가 있을까.

　남녀 간의 사랑은 한계가 있다고 느껴진다. 내가 다 알 수야 없다만, 지금까지 내가 느껴온 바와 들어온 바론 그렇다. 그 외의 사랑은 한계가 없는 사랑이라고 내가 확실히 말할 수 있는 것들 아닌가. 내가 우리 고양이들을 사랑하는 거, 고양이들이 나를 사랑하는 거, 내가 지구를 사랑하는 거, 지구가 나를 사랑하는 거, 번외 등등.

　사랑에 회의적인 어른들을 보며 '왜 저렇게 부정적이고 사랑을 믿지 않는 거지?'라고 생각해왔다. 그렇지 않은 사랑도 있는데, 그들은 그것이 있다는 것 자체도 믿지 않는 거라고 생각했다.

'오랫동안 보더라도 계속해서 언제까지나 사랑스럽게 보이는 그런 연인과 부부의 사랑도 있을 거라고요. 왜 더 어린 나도 믿는데 그걸 안 믿고 저버려요?'

서른의 나는 이젠 거기까지도 닿지 않고 사랑·연애의 무언가가 버겁다. 그 시작할 때의 에너지, 맞춰나갈 때의 에너지, 마무리될 때의 에너지. 이것들로 인해 내가 해야 할 것들, 하고 싶은 것들이 얼마나 진행되지 않고 엉켜버리는지를 알고 나선 버거운 것으로 느껴진다. 이게 시작되면 난 또 내 일을 제대로 못하겠지 하고는.

서른 살 이전 사랑 믿기 신봉자였던 나도 내가 연애를 할 때 나의 무언가들이 제대로 굴러가지 않음을 느끼고 있었다. 나는 내가 해야 할 일과 준비해야 할 일에 100 전부를 쏟아야 하는데, 연애라는 관계를 시작한다는 것 자체가 내게 쏟을 전부의 에너지를 포기하고 30~70은 상대방에게 쏟아야 한다는 걸, 연애를 처음 경험하는 순간부터 알았다. (당시 나는 하루 6시간은 무조건 연습하는 생활 패턴 속에 있었는데,

내가 아무리 그 시간을 채워서 연습하고 싶어도 그건 상대를 만나지 못하는 일정이 돼서 유지할 수 없었고, 다시 내 일상을 유지하려 해도 상대가 힘들어하는 것을 보고나선 그게 더더욱 쉽지 않았다. 온종일 연습실은 언제 갈 수 있을까 하면서도 결국엔 발 동동이며 연습량이 줄었던 그 시절 나의 경험에서 기인한다.) 이게 연애 관계에서 (나를 너무 포기하지 않는 선에서) 서로를 위한 예의이지 않나 하고도 생각한다. -내 삶에 타인이 들어오는데 온전히 나를 이전대로 유지하는 건 상대를 내 곁으로 들어오지 못하게 하는, 서로 상처뿐인 이기심이지 않나.-

서른을 맞이해 온갖 꿈들로 점철된 나는 조금의 시간도 누군가에게 내어놓을 여유가 없다. 잠깐씩의 시도가 이루어졌을 때도 있었으나 결국엔 현재 내가 여유 없음 상태란 걸 더 깨닫게 했을 뿐이다.

사랑(연애)을 하며 전반적으로 느끼는 건 매번 같다.
뜨거운 시작-안정감과 불안정감-뜨겁거나 혹은 뜨겁지 않은 마무리.

상황이 뜨겁지 않더라도 내가 겪을 감정은 언제나 뜨겁다. 이걸 알게 된 후 내게 연애에 대한 호기심이 남아 있을까. 사람에 대한 호기심은 생길지라도 당장 내가 하고 싶은 것들에 놓여 있으면 다가오는 연애 감정을 전부 이전에 겪었던 모양과 같은 모양으로 뭉뚱그려 예상하게 된다. 시작하려다가도 앞으로 다가올 큰 스테이션들이 그려지고, 정차될 때마다 내가 느낄 감정들을 지금 내 상황에서 감당하는 게 가능한가 하는 자각 타임이 진하게, 아주 자주 나타난다.

우리는 사랑으로 많은 걸 배우기도 한다. 사람과의 관계, 나 자신을 더 사랑하는 법, 뭐가 이상한 건지 구별해 내는 법(사람뿐이랴), 말하는 방식과 문자 쓰는 방식 같은 처세술, 경험치의 센서가 생기며 주어지는 놀라운 눈치 센스…. 그렇기에 많은 책에서, 많은 글에서, 많은 사람의 이야기에서 다시 사랑하고 또다시 사랑할 것을 권유한다.

나는 다른 걸 권유하고 싶다. 세상에 사랑의 형태는 무수히 많고 연애가 전부는 아니며, 꼭 연애를 해야 뭔가를 알게 되는 것도 아니라고. 연애를 안 해본 사람들이 어떤 면에선 더 많은 센스와 핵심 알아채기 능력을 지닌 것을 자주 보았다. 그리고 그들이 갖는 시간에는 '나'에 대해 고심해 관찰해

볼 수 있다는 이점이 있다. 연애하는 이들의 해맑은 안정감과 불안해서 더 좋아하게 되는 그 감정 역시 긍정적으로 생각하지만, 그것(연애)이 좋은 만큼 이러한 것(연애를 하지 않는)도 충분히 좋다고 할 수 있지 않나.

하지만 여전히 많은 사람들이 연애를 하지 않는 이에게, 그들이 가진 이점에 대해서는 평가가 박하다.

이별하는 이에게, 헤어짐의 슬픔에서 기댈 곳을 찾는 이에게 그 많은 곳에서 부유하는 글은 말한다.

괜찮아요, 이별을 받아들이세요. 그리고 이번 사랑을 통해 배운 후 다음 사랑을 향해가세요, 알잖아요, 이제 당신에겐 더 좋은 사랑(연애)이 올 거예요.

나는 여기에 전부 취소선을 긋겠다.

~~괜찮아요, 이별을 받아들이세요. 그리고 이번 사랑을 통해 배운 후 다음 사랑을 향해가세요, 알잖아요, 이제 당신에겐 더 좋은 사랑(연애)이 올 거예요.~~

연애라는 건 하면 하고 말면 마는 거다. 굳이 해야 할 의무도 아니고, 현재 연락하고 있는 사람이 없다고 해서 잘못된 것도 아니다. 이번 사랑과 이번 이별을 통해 배운 게 꼭

다음 연애와 사랑으로 향해야 하나? 나는 연애를 하며 무수히 놓친 나의 작업물들을 떠올린다. 그리고 현재 나라는 온전한 안정감 안에서 상당히 많은 ('엄청난'이라는 형용사를 사용했다가 말도 안 되게 쑥스러워 단어를 바꿨다) 양의 작업을 해내고 있는 나를 본다.

사랑? 만질 수도 없고 향기도 없어. 무맛이거늘. 이라고 분명 어떤 영화에선가 봤는데.

지금 내 상황에서 가능한 연애가 생긴다면, 그리고 내가 그 상대방에게 호감을 느낀다면 물론 나는 연애의 시작점에 들어설 거다. 그러나 그런 상황을 내가 찾아다니거나 바라고 있긴 싫다. 그런 감정이 서로 스파크 튀는 것도 기적과 같은 흔치 않은 일이다. 나에게 맞는 사람을 찾는 게 빠른 시일 내에 이뤄질 수 없단 걸 이젠 안다.

연애를 하거나 말거나, 지금 내 중심은 내가 얼마만큼 효율적으로 내 할 일들을 잘 해내느냐다.

사랑? 사랑이 꼭 그 사랑만 있니.

이건 여기서 내가 하는 말.

-

이 글에 언급된 사랑은 연애와
상통하는 사랑임을 다시 한번 명시한다.
지구를 향한 나의 사랑은 변함없거늘.

—

이 글을 읽을 때
내가 연애를 하고 있어도 어폐를 찾지 마시길.
사랑? 사랑이 꼭 그 사랑만 있니.

이건 어느 날의 내가 당신에게 남길 말.

나 1

〈불안의 탐구〉, 2017.08.07. 06:36

나는 겁이 많다.

유독 사람을 무서워해 엄만 걱정을 하곤 했다.

초등학생 땐 책을, 중학생 땐 만화책을 주로 읽었다.

나의 호기심이 겁을 이긴다.

엄마는 매 순간 나를 반성하게끔 가르쳐서

집에 돌아와 침대에 누우면

수많은 죄책감이 나를 짓누르곤 했다.

그게 때론 버겁다.

작년에 일을 잠깐 쉬는 동안 매일매일 영화관에 갔다.

이동은 자전거로 했다.

자전거로 한강 다리를 건너는 데엔 스킬이 필요하다!

독립 영화는 옳다.

그런데 액션 영화도 재밌게 본다는 걸 작년에 깨달았다.

그리고 순간순간을 짧게 메모한다.

나는 아주 어릴 적부터 글을 썼다.

피아노를 치고 노래를 부르고 그림을 그렸다.

미술을 전공하고 싶었다. 아니면 가수가 되고 싶었다.

친구들과 놀기도 했고 방 안에 박혀 책만 읽기도 했다.

이어폰을 끼고 음악으로 도피하는 날들이 많아졌다.

초등학교 5학년이 되던 해엔 대안 학교가 너무너무 가고
싶었다.

어느 날은

굳이 학교를 다니지 않아도 된다는 생각이 들었다.

우리 집엔 그늘이 있었다.

내가 고사리손일 때부터.

꿈이 있었는데, 꿈은 집을 벗어나는 거였다.

나는 계속 그림을 그리고 글을 쓰고

노래를 부르고 춤을 추고 악기를 연주하고

그리고 계속 불안하고 공허하고 무섭고 두렵고

그리고 또 낙천적이고

그리고 밝거나 겁먹거나

대범하거나 자신이 없거나.

열일곱에 나는 마음의 감기에 걸려

모든 문을 닫았다.

말이 잘 나오지 않았다.

나는 호흡 곤란을 컨트롤하기 위해

비닐봉지를 가지고 다녔다.

아주아주 멍하고 느려져서

수면 틈새로 나오는 단어 하나하나를 모아

시를 썼다.

내 안의 것을 만드는 사람이 되어야겠다고 생각했다.

서울로 향했다.

나는 여전히 비닐봉지를 달고 살았고

아침마다 누구에게도 설명할 수 없는 끔찍한 꿈을 꾸며

호흡 곤란과 함께 눈을 떴지만

나는 정말로 행복했다.

나는 모났지만 행복했다.

나는 꿈을 꾸는 사람이었다.

내 이야기를 노래로 만들어 타인과 소통할 거라는 꿈.

그렇게 따뜻한 사람이 되고 싶었다.

그리고 잘하고 싶었고

그리고 언제나처럼 나 자신이 수치스럽고 죄스러웠다.

성인이 된 나에게

삶의 흐름이 예상치 못한 일을 가져오면서

나는 비닐봉지를 잊을 만큼 바빠졌고

아침의 꿈을 잃을 만큼 시간에 치여 지냈지만

제대로 치료하지 못한 마음의 감기는

늘 새로운 형태로 나와 함께 공존했다.

나는 항시 불안하고 행복하다

불안하다.

부끄럽다.

나 자신이 부끄러워서

온전해지고 싶었다.

조금이라도

조금이라도 덜 불안해지고 싶었다.

그래서 나는

불안을 연구하기 시작했다.

2 0 1 7 . 1 0 . 2 2 .
작성된 글입니다

왜 어두우면 어두운 대로 괜찮다고 하던 이가 없었을까?

나는 그게 무척 궁금해진 어느 날에
나 자신이 그냥 그 말을 해주기로 마음먹었다.

어두우면 어두운 대로 우울하면 우울한 대로
기복이 심하면 심한 대로
불안하면 불안한 대로
그대로 괜찮다.

사람들은 빛의 이면이 잘못됐다는 듯이 이야기한다.

그게 아주 허무하고 허탈하고 지겹다.

특히 내게 아주 지겹다.

나를 용서하기까지가 가장 오랜 시간이 걸렸다.

어쩌면 나 자신만 용서하면 되는 문제였다.

가끔은 또 역시나

아주 허무하고 아주 지겨워서

그래서 많은 하루가 견딜 만한 거겠지

기대치가 없는 삶은 상처 한 톨 남기지 않을 거다.

-그러나 또 기대하게 되고

또 숨게 되고

또 회피하게 되고-

다들 그렇게 반복하며 산다.

아니면 누군가,

-말을 하기 전에

수십 번 생각하고 꺼내야 했기에

돌아오는 말이 칼날같이 날카롭게 에던-

그런 피 흘리고 피 흘리던

사람들

-그들은 알아볼까

내가 누군가를 꿀꺽 삼켰던 것을-

그리

반복하며 산다.

공작의
허락

머릿속에선 항상 수많은 말들이 맴돌곤 한다.

정말 끊임없이 많은 이야기를 나는 하고 있다.

이런 게 머릿속을 떠다니다니, 힘들진 않냐고?

전혀. 내겐 힘든 일이 아니다.

내게 이런 이야기가 있구나, 이런 생각이 있구나,

이런 걸 말하네? 이런 정도의 익숙한 감탄.

오히려 내 안에 있는 이야기들을 밖으로 꺼내놓으면 나는

몸살이 날 만큼, 다시 되삼키고 싶어진다.

-수줍음일까, 성격일까.

그것은 블로그나 SNS에도 마찬가지다. 내 이야기를 누군
가에게 한다는 건 도무지 익숙해지지 않는다. 곧바로 누군가
볼 수 있는 곳에 이야기하는 글은 나에겐 말과 같다. 여과 없
이 말하고 나면 무언가 잘못된 기분에 쫓기는.

그동안엔 하루 종일 글만 바라보며 글을 써온 적은 없다.

머릿속 이야기를 굳이 밖으로 꺼낸 적이 없다.

가사를 위한 짧은 메모의 연장, 그뿐.

감정이 떠오를 때 짤막한 글 혹은 거기에 더해진 글을 쓰거나 생각나는 몇 가지 문장을 찰나에 옮겨 넣는 정도.

이런 행동들은 당연히 아주 긴 시간 동안 연달아 연이어 벌어지진 않는다. (그러니 당연히 머릿속에서만 나왔다 사라지는 이야기들도 많다.)

의외로.

책을 생각하며 쓰기 시작한 글들에 나는 -긴 시간에도- (짤막한 글을 간헐적으로 토해낼 때와 같은) 편안함을 느끼고 있다.

수많은 생각이 떠오르고 떠오르고 떠오르는데,

흘러나온 그대로 내보내는 흐름이 꽤나 과감하다.

하나도 놓치고 싶지 않다.

여기선 이 순간순간의 말들을 그대로 놓쳐버리면 단어 하나에도 후회스러운 거다.

나는 우선 둥둥 떠올라 있는 말들이 생기면 후다닥 적어내고선 곧바로 어떻게든 여유를 만들어 그 말들을 이어간다.

이게, 의외로, 재밌다. 내 머릿속에 떠오른 모든 말들이 처음으로 전부 허용되고 있다.

그대로 글자화되고 있다.

이건 묘상하게 좋은 기분이다. 내보내면 나를 시달리게 하던 말들이 여기 재미난 풀이 보따리가 되다니.

책을 내기로 결심하기까지 6년 정도의 고민이 필요했다.

그리고 한 번 이 작업을 하게 되면 다시는 하지 않을 거라고 미리 생각도 해봤었다.

내가 머릿속의 내 말을 누군가에게 보인다는 건 누군가에게 말한다는 건 지끈 아픈 머리와 잠깐 잠깐의 꿈으로 나를 깨어나게 해 짧은 잠들만이 연이어지게 하는, 그러한 것들과 같으니까.

쓰면서 아주 고통스러운 일이 될 거라고 생각했다.

아무래도 내가 이런 성향이 있다는 걸 발견했으니, 기분 좋게 써 내려갈 순 없겠군. 이 정도의 예상은 자연스레 깔고 있었다.

그렇게 의외다.

이게 재밌다니. 자연스럽게 그 자리에서 어떤 감정 혹 붙이지 않고 흘러나온다니. 머릿속에 떠오른 말들을 이야기해도 되고, 또 이야기해도 내 마음이 편안한 공간이라니.

책을 쓰는 게 이런 곳일 줄,
이런 기분을 느끼게 해줄지는 몰랐다.
이런 해방감에 나는 뒤따라 어떤 생각을 하겠는가.
다음에도 또, 계속, 해보고 싶다.

그래도 될까요?

흔들리지 않는
방법

좋아하는 가수를 꼽기가 어렵다.

긴 종이 언제 끝날지 모르게 써 내려가야 할 만큼, 좋아하는 가수가 많아서.

감명을 받고 영향받고 싶었던 가수로 그 폭을 줄이자면 몇 사람으로 줄여 말해볼 수 있겠다.

비틀즈Beatles

비요크Bjork

피오나 애플Fiona Apple

이 히어로들 중 나의 슈퍼 히어로는 아무래도 피오나 애플이다. 나는 피오나 애플이 내가 가진 아픔과 비슷한 아픔을 가지고 있는 가수라는 것을 알고 1집 CD를 바로 구매했다. 말할 수 없이 좋았다. 곧바로 내 하루에 전부가 될 만큼. 표정 선명한 뮤비 영상들은 더 좋았다. 그렇게 홀딱, 전 곡이 마음에 쏙 들었다.

조수의 깊은 푸른색 1집을 지나 화를 선명히 새긴 2집 역시 좋았고, 뒤이어 이어진 여유 넘치는 3집. 훌쩍 몇 해 뒤에 나와 잠든 내 심장을 폭발시킨 4집, 모든 규정은 벗어날 수 있음을 알리는 5집까지. 나를 늘 감탄시키는 피오나.

이 사람이 자신의 개인적 감정을 풀어내는 방식이 좋다. 곡을 쓰는 방식 노래를 부르는 방식, 곡을 구성해 나가는 방식 그리고 그 모든 구성을 파괴하는 방식도. 나를 처음 끌어들였던 부분은 1집 때 자전적이고 아주 사적인 이야기를 끌어올려 앨범을 냈던 모습이다. 그건 나에게 엄청나게 거대한 용기가 됐고, 당시 피오나 애플은 나의 슈퍼 히어로였다.

이 사람을 보면서 내 이야기를 할 결심을 했다. 음악 안에 그런 나의 감정들(누군가는 어둡다고 할, 묻어두라고 할)을 풀어내 적절히 담아내고, 나중에 그 앨범이 나올 때 내가 겪은 이야기를 하고 싶었다. 피오나 애플이 그건 부끄러운 게 아니라고 알려줬으니까. 나에게 벌어진 일들은 부끄럽지 않다고. 전혀 부끄러워할 일이 아닌데도 그 시절의 나처럼 자신에게 잘못된 수치를 느끼고 있을 누군가에게, 나도 알려주고 싶었다. 용기가 되고 싶었다.

그녀를 나의 영웅으로 우러러보면 나는 해내야 할 일들이 많다. 그 가사의 (모든 가사에 예상할 수 없는 표현 방식으로 자리한) 재치며 영민한 멜로디, 곡 구성. 어떻게 매번, 앨범마다 이렇게 새로운 세계를 보여주는 거지?

피오나 애플처럼 멋진 용기가 되려면 나는 음악을 더, 더, 즐겁게, 열심히 해나가야 한다.

물론 내가 그녀처럼 깊숙한 사적인 감정을 드러내 노래하는 것, 그러니까 그것만을 *지속적으로* 해나가는 일은 불가하다. (그 또한 물론, 방법 없는 일이 있겠는가. 우선은 나의 주어진 현실을 배경 읊듯 말하자면 그러하다는 거다.)

이게 한국 음악 시장의 특징인지, 내가 모르는 어떤 세상의 룰인지 모르겠다. 음악을 만들려면 비용이 들고 자금이 없는 상태라면 (보통 신인 가수가 회사의 지원을 받듯) 투자를 받아 진행한다. 이렇게 진행한다는 것 자체가 아웃풋으로 다시 들어오는 비용이 있다는 건데 깊은 감정으로 깊숙하게 들어가는 음악의 아웃풋이 좋을 수가 없다는 게 이곳의 정설이다. 그리고 그것은 어떤 부분에서 (내가 보는 부분을 제외한 다른 부분들에서는) 틀린 말은 아니다.

나는 무언가에 등수를 매기거나 차트화하는 방식을 좋아하지 않지만, 막상 비용을 쓰며 투자하는 회사의 처지에선 높은 순위에 있는 음악이 들인 비용 그 이상을 돌려줄 음악이 된다.

나는 개인적인 서사를 풀어내는 게 정말이지 정말 재밌다. 만들면서 쾌감을 느낀다. 아주 깊숙한 곳에서 또다시 그 밑의 바다로 잠기려 하는 그 감정을 잡아 끌어내는 일은, 나오는 동안은 아플지라도 꺼내놓으면 나에겐 가장 사랑스러운 것이 된다. 이걸 평생 하고 싶다고 생각했고 (내가 이러한 것들을 수월히 낼 수 있는 날이 오면 그때부터는 쭉, 계속) 그럴 방법이 무엇인지 찾아보기도 하고 고민하기도 했다.

이런 내게 '일(금전적 아웃풋이 있는)'이 된 음악만을 하는 게 가능할까. 나를 위한 음악 역시 해야 하는데.

이런 고민 아래.

우연한 시기, 전시를 진행해 볼 수 있는 환경이 내게 생겼고 나는 전시 음악과 만나게 됐다. 내가 가지고 있는 이 상황에서 -대중 음악보다 훨씬 고정된 틀이 없는- 전시 음악은 완전한 돌파구라고 느낀다. 경험이 나에게 새로운 유연함을 주었다.

나는 내가 갈 길을 두 갈래로 나눠 그려볼 수 있게 됐다. 생활을 위해 필수적인 일이 되는 음악과, 내 가슴이 반드시 내보내야 하는 음악.

싱글엔 사람들이 듣기 편안한 음악을 하고, 전시나 앨범에선 내가 원하는 것들을 풀어내면 어떨까?

음, 이거 괜찮은 방법 같은데.

이렇게 물결 흐르는 대로 따라가며 나는 느끼고나 있을까.

여기 이 페이지를 자세히 살펴봐.

처음의 다짐, 그 시작, 용기가 되겠다는 마음은 어느새 흔적 하나 보이지 않게 됐다는 걸.

나를 잃고 싶지 않다. 나를 거두어야 하는 타협 아래, 나의 용기를 절반으로 줄이고 싶지 않다.

이렇게 생각의 생각이, 나를 잃어버리게 만들 때면 피오나 애플의 음악을 듣는다.

내가 받았던 그 용기는 나를 다시 깨어나게 해준다.

어떤 방향으로 가든, 어떤 장르의 음악을 하게 되든, 단 한 가지만은 잊지 말자. 잃지 말자.

나의 시작은 용기고,

나의 끝도 용기가 되어야 한다는 것을.

설마
네가

글 쓰는 게 감정 해소에 도움이 되고 있는 것일까?
설마 네가 나에게 평온을 선사했다고.

네가
언니야

하루는 본가에 내려갔다. 본가에는 첫째, 사월이가 있다 (사월이는 이제 노년기에 접어든 고양이다). 아 나는 왜 이리 우리 아가들이 귀여워 죽겠는지. 오랜만에 본 사월인지라 더 그립고 예뻤다. 그 감정이 앞서버려 사월이를 품에 둔 채 쓰다듬었다(사월이는 사람에게 안기는 것을 유독 혐오한다). 사월이 고 녀석, 그래도 한참을 참고 있었나 보다. 참고 있는지도 모르고 품에 데리고 있었는데, 갑자기 캬옹! 사월이가 품에서 뛰쳐 올랐고 세워놓은 발톱이 내 목과 가슴팍에 빨간 상처를 안겼다. 그거참, 아팠다. 화내지 말고 진작 알려주지, 이렇게 아프게 하기야? 서운한 마음이 가득 올라온 나는 왼팔을 휘저어 사월이 엉덩이를 저 멀리 밀었다. 씨익씨익 일어나 나는 곧바로 옆방으로 들어갔다. "너 미워!"라는 외침도 함께.

옆방 한가운데에 놓인 빈백에 나는 늘어져 누웠다. 핸드폰이나 할까. 그때 열린 방문 틈으로 보이는 그 아름다운 자태여. 얼굴도 몸도, 딱 정확하게 절반만 내보이고 있는 사월이의 모습이었다. (그건 정말이지, 귀여워 죽겠다!) 그렇게 틈새로 나를 지켜보다 내가 알아차리니, 사뿐사뿐 우아하게도 내게 걸어왔다. 꼬리를 예쁘게 세우고 내 옆으로 와 다리에 몸을 비비며 애교를 피웠다.

신기한 일이지, 사월이가 나를 달래주러 왔다는 게 느껴졌다(사월이는 정말, 정말, 아주 똑똑한 고양이다). 요 영리한 녀석. 요 요망한 것. 내 맘은 바로 녹아 풀렸는걸. 어떻게 내 맘도, 그 맘을 돌리는 방법도 전부 이렇게 잘 아는 거야?

사월이 등을 쓰담쓰담. 그러고 나서야 사월이가 품에 안기는 그 싫은 걸 참고 있다가 도저히 못 견디겠어 발톱을 올린 채 내게서 뛰쳐나갔다는 걸 깨달았다. 그러니까, 그렇게 싫어하는데 품 안에서 그래도 참아준 거다.

'아 또 안아? 진짜 싫은데 말이지, 너 오랜만에 보는 거니까 좀 참아줄 순 있어.'

그 시간을 내가 너무 길게 끌어버렸네. 참아줘서 고마워 사월아.

어느 날, 떠들썩한 일식집에서 밥을 먹으며 나는 앞에 앉은 지인에게 이 얘길 했다.

"글쎄 그렇게 내 기분을 풀어주러 오더라니까?"

여기에 돌아온 신선한 대답.

"걔가 너보다 언니네~."

앗 그렇네? 그날의 사월이는 나보다 어른스러웠네. 진짜 사월이 네가 나보다 언니였네. 언제 그만큼 크고 마음도 넓어졌지? 언제나 꼬물이 아가였는데.

공기 좋은 곳에서, 제일 좋아하는 할머니 옆에 누워 그렇게 꿈을 꾸며 자는 사월아. 나보다도 어른스러운 사월아. 그시절 너에게 못 준 사랑 주라는 하늘의 선물인지, 감사하게도 어여쁜 천사들이 내 곁에 날아왔어. 나보다 언니 같은 사월이에게 조금 더 배우고 조금 더 알게 된 나는, 이전보단 잘해낼 수 있을 것 같아.

아이들이 건강하게 자랄수록, 꼭, 꼭 알려줄 테야.

사월이 네가 언니야.

예술병

나는 예술이야말로 사회적 문제를 해결해 나가기에 아주 좋은 보기가 될 수 있다고 생각한다.

문제를 알려주고 보여주고 경고하기에 최적의 조건을 갖춘 것은 예술이라고 그리 생각한다.

그러니 본인이 소위 '예술하는 사람, 예술이 업인 사람, 예술가'라면 꾸준히 공부하고 좋은 것들을 섭취하고 사회 문제를 들여다보는 자세가 필요하다고 그리 생각한다.

아 그러니 내 말은 이렇다.

예술병 걸리려면 좀 제대로 걸리자구.

솔직히 말할게,
그게 뭐 대수라고

[속보]

나는 우울증과 불안증, 공황 장애가 있다.

-선언한 가수 장 모 양(뒤탈 없이 매끄럽게 나로)

우울증과 공황 장애 등 신경 정신과와 관련한 이 병명들은 여전히 떠들썩한 세간 화제다(그것을 볼 수 있는 빈도가 늘었음에도). 나 역시 나의 상태를 내 앞으로 꺼내놓은 적이 있고 거기엔 조금의 반항심도 섞여 있었다.

심리 상담소·신경 정신과를 가는 걸 남사스러운 일이라 치부해 부끄럽게 여기는 것. 이것이 여성의 결혼에 큰 영향을 끼친다는 것. 이런 어떠한 풍조에 아니, '그게 뭐 대수라고?'라는 반항심이 생긴 것이다.

아마 나의 글 대부분에 비쳐 있을 성향으로 이미 여러 번

드러냈듯이, 나는 사람들에게 내 이야기를 꺼내놓는 것을 정말이지 별로 좋아하지 않는다. 특히나 지난 과거의 이야기 (이것은 더더욱 나'만'의 이야기가 되기에)라면 더 그러해지고. 이러한 내게 일련의 나의 사史들을 열거하는 사건들이 생기게 된 것은, 그렇다. 이 반항심에서 비롯된 것이다.

흠으로 여기는 것, 그래서 수치가 되는 것, 그래서 모두 내 잘못이 되는 것. 나는 이게, 이것만큼은 정말, 너무나 정확히도 싫다.

내가 오랜 시간 그 과정을 겪어왔기에 누구도 그 기분을 느끼지 않았으면 좋겠다. 차라리 내가 조금 더 느끼고 누구 한 사람 덜 느꼈으면 하고 기도했던 어린 시절의 내가 아직도 나의 기억에 있다. 내 잘못이 아닌 걸 나의 것이라 안고 간다는 건 그건 말이지, *[우주의 재난]*이 벌어진 거다.

아니 영혼이 네 거야? 네 거 내 거 그리고 우리 모두 거야! 그렇게 그 순간마다 지구는 마그마를 터뜨리기 시작한다. 그건 말 그대로 '나'에게 재난을 선사하는 일이다. 지속해서 나를 재난으로 몰고 가는 것이 환경에서 기인한 문제라면 자신을 구해내기 더 쉽지 않아진다. 모두가 잘못됐다고 하면 우린 그것을 정답으로 알고 자라니까.

신경 정신과에서는 보험 청구를 하지 않는 일이 흔하다 (나만 해도 처음 가게 됐을 때 어떻게든 엄마는 기록을 남기지 않으려 애쓰셨다). 심리 상담을 받는 것도, 신경 정신과를 가는 것도 비용이 비싸다. 보험 처리하지 않을 생각으로 간다면 누군가에겐 방문 자체가 부담일 것이다.

나는 다시 문득 궁금해진다. 왜 이런 기록이 있으면 시집갈 때 흠이 되고, 왜 이런 내가 알려지면 '나'는 손가락질받는 나쁨이 될까. 이런 문제들을 처음 접한 건, 처음 상담을 갔던 13년 전이었다. 놀랍게도 이런 상황은 여전히 크게 달라진 바가 없다.

내 주변, 그 바로 옆까지도 언젠가 언제 할지도 안 할지도 모를 결혼 때문에 지친 자신에게 찾아온 불안을 최대한 조용히, 그리고 알려지지 않게 치료하는 걸 봤다.

그 사람의 선택이 어떻다는 것이 아니고, 여전히 그런 사회적 시선이 존재한다는 게 놀랐다. 나는 심리 상담이 필요한 이런 상황을 좋고 나쁘고 없이 별 거리낌 없이 비염이나 안구 건조증의 뉘앙스로 이야기되면 좋겠다.

내게 이러한 부분이 있어서 어떤 부분에서 네가 이해하기 힘든 모습을 보일 수도 있어. 그래서 나의 이런 부분을 미리 이야기해 놓아. 나의 일부이니 나를 바라볼 때 참고해 줘.

책임을 회피하기 위한 병명이 아닌, 과한 동정 아래 숨기 위한 병명이 아닌, 그냥 내 일부이니 참고해 달라고. 누구나 가지고 있는 감정의 정도(점도) 차이야.

계속 두면 염증이 커질 수 있으니 그냥 치료하면 된다. 이젠 고개 돌린 곳에 자리하는 흔한 병명이 됐다. 현대 사회의 어느 특수성 때문인지, 아니면 이제야 정의 내려져 흔해 보이는 건지. 이토록 흔한 것이 정말 혼사에 이르러 집안 어르신의 반대를 마주하면 뭐라 설득할까 싶다만, 소인 소신 있게 던지(말하)옵나이다. 이건 비염과도 같답니다(거기 비염도 방치하면 무서운 병이 된다는 것마저 같다).

그댄 아플 때 병원 한번 안 가시옵니까?

굳이 말할 필요 없이 살 수도 있지 않나 묻는다면 나는 트라우마에 관한 이야기를 꺼내 보고 싶다. 처음 영혼에, 마음에 상처가 났을 때 또는 상처 나 있는 마음을 이제 막 발견했을 때 제때 바로 치료해 주지 않으면 거기엔 길고 기나긴 터널 하나가 추가된다. 터널 안은 막막하고 어두우며 방향을 전혀 알 수 없고, 끝나는 시점을 예상할 수도 없다.

그래도 터널엔 반드시 끝이 있다. 시작과 끝이 있으니 터널이다. 단지, 어둠뿐인 기나긴 터널보다 그 아픈 마음에 더 수월하고 편안한 길이 그 사람에게 주어졌으면 할 뿐이다.

나는 당신이, 그보다는 편안했으면 좋겠다.

누군가가 우울증, 공황 증상을 이야기할 때 모든 발걸음이 가벼웠음 좋겠다. 슈퍼마켓에 아이스크림을 사러 가는 발걸음의 색과 같아지면 좋겠다.

마무리는 뻔하지 않나. 때론 뻔한 것이 좋다더니 그게 여기인 거라.

솔직히, 그게 뭐 대수라고.

상실의 이유

2018.07.13.

1.

행복의 척도를 재고 있는 건

실은 행복한 게 아니었구나

삶에 견딜 만큼의 평온함이 오면

행복에 대한 질문이 사라져 있었다.

-행복한 건가?

이 정도면 행복한 거지

행복해해야지-

→그런 거 아니구 지금 요 정도의 평온함

2.

슬픔을 느낄 때는
애도의 대상이 있는 것이니
내가 슬플 때 내 무엇 때문에 내가 슬픈 건지
알아차려 보렴

→라는 숙제가 내게 왔고
답을 (아무래도) 잘 찾은 것 같은데
(시간이 지나야 알 수 있는 것이니)

그러고 나서 느껴지는 것은
솔직하다는 건 이런 거구나
과장되지 않고 담담하게 흘러가는 거

.

어쩌면 그냥 모든 게
상실의 이유를 찾았기 때문인지도 모르겠다

소녀다움

　한 여성이 지니고 있는 소녀다움은 그녀의 모친에게 물려
받는 것이란 걸 발견했다. 예민하고 섬세하고 순수한 감성은
엄마가 딸에게 태어날 때 잡아주는 선물 같은 거라서, 그것
이 지닌 영속성은 나이가 들어 할머니가 되어도 계속 지니고
있게 되는 고유의 특성 같은 것이라고. 나는 조금씩 조금씩
그것을 지닌 이의 눈을 구별할 수 있게 되어가고 있다. 섬세
하고 순수한 감성을 지닌 사람은 정직의 척도를 벗어나 타인
에게 상처 입히는 행위를 하지 않는다. 소녀다움의 소중함과
특별함을 알아. 그들은 그리 많이 분포되어 있지 않아요.

타이틀이
필요하나

대학을 가야 한다던 엄마.

내 가치관엔 여전히 잘 이해되지 않는다.

학력 그 이상의 능력이 있다면, 그런 몇 줄의 글자는 아무것도 아닐 텐데.

나라는 인간에게 꼭 타이틀이 필요할까?

나는 어릴 적부터 타이틀곡보다 수록곡을 더 좋아했다.

타이틀곡이 대중에게 초점이 맞춰졌다면, 그 외의 곡들에선 그 뮤지션의 사적인 감정, 미처 보지 못하고 지나쳤던 그 뮤지션의 일상이 담겨 있다. 그래서 많은 가수가 타이틀곡에 힘을 더 쏟고 다른 곡들에선 에너지를 줄이곤 하지만, 나는 (특히 싱어송라이터들에게서) 타이틀이 아닌 곡들에서 그 뮤지션의 모습이 더욱 잘 보인다고 생각한다.

(그 외 가수 형태의 방향은 내가 그것을 전문적으로 알진 못하지만, 이와는 조금 다른 형태를 띠고 있다 느낀다.)

내가

1. 앞으로 내가 이뤄낼 꿈에 대해 확신을 가진 어느 날.

2. 나 자신이 가지고 있는 것에 만족하는 어느 날.

3. 2를 내가 더욱 발전시킬 수 있단 걸 알게 된 어느 날.

그렇게 나는 타이틀이 중요한 것은 아니라고 느꼈다.

때론 타이틀곡보다 수록곡에서 제대로 된 뮤지션의 능력을 볼 수 있다. 대단하다고 칭하는 대학교를 나왔다고 해서, 당연히 반전이 없을 거라고 생각하면 안 된다. 인망 두텁고 지혜를 가진 이들이 꼭 타이틀로 표기되어 있는 것만은 아니다. 알맹이가 없다면, 겉에 포장지가 필요하나? 알사탕 제대로 빠진, 빈 비닐 껍데기로 잠시 화려해 보이는 건, 몰라. 나는 멋지지 않은걸.

자신에게 제대로 자신이 있다면, 그것만으로 내가 작아질 일은 없다.

그러니까 내 말은, 타이틀보다 훨씬 중요한 것들이 있다고.

다수에게 인정받지 못해도 충분하다. 내가 내 알맹이를 쥐고만 있다면 다수의 인정 그 이상을 뛰어넘는 일이 생긴다. 그러니 가치를 아는 이들의 알맹이는 가공된 맛 없이 달콤할 테다.

나는 여전하다. 타이틀곡에 온 힘을 쏟기보단, 다른 이외의 곡들에도 고루 그 가치를 담고 싶다. 타이틀이 아니더라도, 보석 같은 것들이 나의 도처에 아름답게도 많기에, 내가 알게 된 이 놀랍도록 아름다운 것들이 나의 가치관을 뒷받침해 주고 있다. 그리고 나는 이런 가치관 자체를 무척이나 좋아한다.

내 아름다운 이들에게 사랑한다고 응원해 주는 것과 같아서. 그것 하나만이 답이 아니라는 걸 확고히 말할 수 있는 것과 같아서.

타이틀만이 답일까?

산부인과

루머의 루머

산부인과를 생각하면 무엇이 떠오를까? 임산부. 아기.

그렇다며 결혼하지 않은 여자가 산부인과를 갔다면 무엇이 떠오를까?

스물세 살, 대학 병원에 꽤 오래 입원해 있던 시절, 나는 검사검사 종합 검진을 받았다. 이때 아니면 시간 내기 힘들겠다 싶었고, 무엇보다 이십 대 중반을 오롯이 버티게 해준, 나보다 10년 더 인생의 경험을 쌓은 사랑하는 e 언니의 권유였다. 언니는 산부인과 검사를 반드시 받으라고 명심시켰다.

스무 살 무렵부턴 정기적으로 가는 게 좋은데, 사람들이 이걸 꺼리더라. 그러니 너는 이왕 입원한 거 산부인과 검사를 반드시 받도록. 여자들은 자궁 관련해 이런저런 병이 생기기도 하고, 자궁의 병이 숨겨져 있다가 나중에 발견되면 큰 수술이 될 수 있으므로.

당시 스물셋, 만 스물하나의 나는 산부인과를 가본 적이 없었다. 굳이 가야 할 필요를 못 느끼기도 했고 분명 나도 꺼리는 마음이 있었을 거다. 언니는 굉장히 현명하고 지혜로운 사람이다. 나는 산부인과 검사를 하기로 마음먹고 병원에서 검사를 신청했다.

그리고 얼마 후에 내가 임신 중단을 했다는 루머가 인터넷에 올라오기 시작했다. 그 짧고 간단하고 누구나 하는 기본 검사가 왜 그런 형태로 발전한 거지? 대응할 가치도 없는 이야기였다. 그렇지만 한 가지 배운 게 있다. 소문이 이런 식으로 나는 거구나 하고.

그럼에도 불구하고 나는 나와 같은 직종의 사람들까지도 이러한 소문들에 쉽게 휘둘리고, 이런 소문들을 심지어 퍼뜨리고 다니는 경우도 보았다. 이야기하는 건 자유라지만, 본인이 피해당한 것도 없는데 여기저기 악의적으로 말할 필요가 있을까.

알아가던 한 친구가 나와 같은 회사 친구에게서, 회사에서 내 소문이 이러하니 나를 멀리하라고 했단 얘길 들은 적이 있다. 역시 큰 가치를 못 느꼈다. 만,

1. 그 회사 친구는 내 앞에서 무척 생글생글해서 당연히 우리가 사이좋은, 서로를 좋게 보는 친구라 생각했던 것.

2. 뒤지고 뒤지고 뒤져도 나는 '단언코'라는 단어를 쓸 수 있을 만큼 그 친구에게 티끌의 피해도 입힌 적이 없다는 것. — 그만큼 가깝지도 않았다.

3. 무엇보다 소문에 휩싸이기 쉬운 사람들 역시 소문에 휘둘리고, 소문의 소용돌이를 일부러 만들어 내보낸다니.

타인에 대한 조심성과 신중함이 이런 상황들을 만들어낸다면, 그나마 이해하기 나아진다. 나도 경계심이 심한 편이니까. 그런데 병원이라. 병원을 가는 건 온전히 내가 감내하고 가는 것인데 거기서 어떤 말들이 파생될 필요가 있나.

만 20세부턴 나라에서 자궁경부암 검사를 적극적으로 권장한다. 어느 정도냐면, 문자와 카톡으로도 이 나이부턴 무료이니 반드시 검사하라고 연락을 보낸다. 자궁경부암이 무서운 병이라는 걸, 그리고 예방이 빠를수록 좋다는 걸 이젠 어렴풋이라도 안다.

나도 검사를 받으러 가고 싶다. 내 몸이 건강한지 그렇지 않은지, 내가 주의해야 할 게 있는지. 정확한 검사를 해보고 알아보고 싶다.

그렇지만 내 발은 차마 산부인과를 향하지 못한다.

가치 없는 소문이었더라도 내 안에서 스트레스는 스트레스인가 보다.

nature.

아주 사랑스러운 언니가 있다. 많은 걸 가졌고 아름다운. 그리고 베풀 수 있는 넓은 마음을 가진. 그녀는 쾌활한 만큼 외롭고 외로운 만큼 쾌활한 사람이었다. 그걸 알아보는 건 조금 어려웠다. 그래, 배려가 가득한 사람은 다른 이들보다 훨씬 세심하고 여리다. 한없이 밝은 기운을 건네는 사람을 보면 나는 어쩐지 가슴이 아릿하다. 언니는 자신이 고독이란 걸 인정한 순간 그것을 즐길 수 있게 됐다고 말했다. 자신은 항상 돌아갈 곳이 있다고 했다. 새벽녘에 와인과 음악을 찾게 하는 그녀의 고독. 절대 변하지 않는 두 가지, 자연과 예술. 그래서 외로움을 이겨낸다고.

어느 순간에건 자신이 돌아갈 곳이 있는 거다.

모두와 공유하고 즐길 수 있는 예술.

모든 게 변해도 항상 변하지 않고 그 자리에 있는 자연,
그리고 나 자신의 네이처.

나 자신.
외로움과 끝없이 샘솟는 사랑.
이게 어쩔 수 없는 나 자신이다.

그걸 쫓아내기 위해 그리도 안달이었는데 내가 바로 외로
움이란 걸 받아들인 순간 어떤 변화가 일어났다. 여유를 가
지고 지금을 보게 됐다.

놓치고 있었던 것들이 있었다.
항상 그 자리에 있는 것들.
눈에 보이지 않는 수많은 마음. 사람들.

어째서 중심이 바깥으로 향하면
오히려 마음이 좁아지는 것일까

밖으로 나돌던 많은 것들을
다시 안으로 안으로 데려왔다.

내 무게가 느껴지는 순간이 있다.
좋다.
지금이 좋다.

긴 방황이었다

우주

열여섯, 열일곱, 열여덟…. 까마득하지도 않아서, 어제도 입가에 묻히고 잔 우유 생크림의 흔적 그 여운 그대로 있어서, 이게 그렇게 오래전인가 하고 놀랄 때가 부지기수인 그때. 그 나이 그때, 나의 열일곱 열여덟, 그땐 내가 우주 전부였다. 살아가면서 점점 내 세계가 커지는 게 막연히 어른이 되어가는 거라 생각했다. 어른들은 더 많이 보고 더 많이 알고 더 능숙하니까, 그러니까 분명 넓은 세계를 보고 있는 거겠지 하고.

한 살 먹을 때마다 한 평씩(너무 적나). 지구에서 탄생한 지 한 달 흐를 때마다 한 평씩. 그럼 스물다섯 언니도, 서른 넘은 언니도, 마흔 넘은 분도 나보다 한참 큰 세상에 살겠구나. 그리고 그 스물다섯이 내가 되고 그 서른도 지나가고 있다.

내 세계는 크다.

어릴 때보다 커졌냐고 묻는다면 그건 잘 모르겠다. 확실한 건 내가 점점 작아져서 내 세계가 커진 것뿐. 내가 작아진다는 건 더 많은 걸 보게 되는 걸까. 그건 그럴 수도. 마치 엄지공주가 우리가 못 보던 이슬을 보고, 사슴벌레도 보듯이.

그럼 내가 작아지는 건 어떤 일일까.

내가 작아지면 나를 낮출 수 있고, 내가 작아지니 사람들을 더 크게 바라볼 수 있고. 그런 만큼 겁도 많아지겠지. 보이는 게 많으니까. 거기에 나는 작으니까. 점점 더 작아지다가 누구 콧김 한번에도 날아갈 수 있게 되니까. 그러니 무서운 게 많아지겠지.

무수히 많은 별이 보이고 나를 에워싼 이 행성을 보는 것도 즐거운 일이다. 하지만 내가 그 행성 자체였을 때, 온 원을 나 혼자 가득 채우고 있을 때. 그때만이 해낼 수 있는 도전들 꿈들, 걸음들.

나는 이런 생각을 자주 하곤 한다. 열여덟, 스물, 지금.

언제가 가장 멋진 때냐고. 그럼 나는 마음이 점점 안으로 기울어 열여덟이라고 말하게 된다. 그땐 내가 우주였으니까. 지금의 나와 열여덟의 나를 가끔 비교해 본다. 그래도 역시, 그때가 뭔가 더 멋졌다니깐. 결론이 나온다.

거리낌 없었고 내가 가득 채우고 있으니 다른 것 안 보고 나 하나만 보며 연습하고 공부하고. 지금의 나는 그때처럼 연습하고 몰입진 않는다. 해야 할 여러 일이 주어졌고 방에도 이제 가구와 책이 여러 개다.

무엇이 옳고 그르다는, 늘 내가 낼 수 없다고 생각하는 문언 중 하나다. 그래서 나는 좋다/싫다로 좀 더 수월히 가보려 한다. '나'의 그 시절. 그때가 좋니? 지금이 좋니? 묻는다면, 스물다섯의 나는 그때가 훨씬 훨씬 좋다고 외치지만, 서른의 나는 그때도 좋고 지금도 좋은걸? 하고 대답한다.

우주가 되는 것과 온 우주를 전부 바라볼 수 있는 것.

이 두 가지를 함께할 수 있길 바란다면 그건 욕심일까.

사랑하는
사람

지난 글들을 정리하며 보니 혼란만 가득했다 생각했던 이십 대 중반에 참 좋은 인연들이 많이 왔구나. 여전히 내 곁에 있는 사람들도 있고, 각자의 길을 가고 있는 사람들도 있고. 무엇이 됐건 이 사람들이 행복했으면 좋겠다.

이십 대 중반은 정말 힘겨웠다. 마지막 고비가 2018년 초였던 것으로 기억한다. 내가 그 고비 속으로 뛰어들지 않게 해준 건 내 곁의 산소통과 같던 한 사람이었다. 나는 그 사람만 겹겹이 기억하고 있었는데, 알고 봤더니 그 전후에도 나는 참 좋은 사람들과 같이하고 있었구나.

좋아하는 걸 넘어 누군가를 사랑한다면 이런 마음일 거다. 여자이건, 남자이건 떠나서 그 사람 자체를 깊이 사랑하게 된다는 거. 그것이 무엇인지, 내 마음의 진동이 맞다면 나는 두 번을 겪어봤다.

　언니는 아름다운 사람이었다. 영혼도 풍기는 오라도 모습
도 배려도 말투도 목소리도. 내가 어른이 되어가는 거라면
언니 같은 사람이 되고 싶었다. 언니는 들쑥날쑥 하늘과 땅
을 오가던 내 이십 대 중반, 가장 큰 버팀목이었다.

　언닌 잘 지내고 있을까. 현명하고 지혜로운 사람이라 잘
지내고 있을 거란 것은 안다. 그 부분은 걱정되지 않아. 사랑
스러운 사람이니, 주변에 그 사랑을 그렇게 부드럽게 나눠주
는 사람이니 홀로 마음 저밀 일 없었으면 좋겠다.

　나는 언니를 여전히, 정말 많이 사랑한다. 사랑하는 사람
을 떠올리라면 언니가 떠오른다.

　책에 언니를 생각하며 썼던 글이 실리게 될 것 같다. 근긴
장이상증으로 대학병원에 입원했을 때, 그 앞 나무 사이를
걷다가 쓴 〈nature.〉(p.221)가 바로 그 글이다. 이 글을 보
이거나 책에 실을 생각 따로 없이, 내 추억 보자기 안에 들어
있는 사랑 조각 하나였다. 그것만으로 마음에 남아 있었는
데, 언니 가득한 글이 괜찮으니 실어보자는 제안을 받았다.
그 많은 목록 중에 언니에 대해 쓴 하나의 글이 골라졌다는

게 신기했고, 그리웠고 따뜻하고 아리고 그렇게 기분이 좋았다. 좋은 글인지, 좋지 않은 글인지 생각하지도 않은 채 넘어 놨건만, 이게 다른 사람에게도 마음이 잘 전달되는 글이었구나. 언니를 잔뜩 생각하면서 쓴 글이라 그게 전해지는 거라 생각이 든다.

나의 바람은 새해에 언니에게 노래 하나를 보내며 한 해의 축복 인사를 건네는 거다. 언니는 오랜 기간 나의 뮤즈였고 여전한 사랑이고, 나는 그게 어느 날 예상치 못한 하루에 내 안에서 속삭이듯 나올 거란 느낌을 받는다. 그건 언니를 닮은 노래일 거란 생각이 든다.

악보 반 페이지 3분의 2 정도에 써 내렸을 그 곡은 곧바로 동영상을 찍어 그 잠옷 차림 그대로 언니에게 보내야지. 그리고 전하고 싶던 인사를 하고 싶다.

우리가 서로에게 그래왔듯 답을 바라고 하는 인사가 아니며, 이러한 점들이 언니가 내 안에서 더 광활한 온기로 자리하게끔 한다.

'봤던 사람들 중 가장 예쁜 사람이 누구야?'라는 질문을 받으면 나는 항상 너를 떠올리곤 해.

나의 주변 아름다운 이들 중, 내가 가장 예쁘다 생각했던 사람. 택시 옆자리에 앉은 네 옆모습이 계속 보고 싶어서 흘깃흘깃 쳐다봤다. 세상에서 제일 예쁜 게 이것이라 생각했다.

너는 단단하고, 심지 깊은 마음에 나와는 다르게 이성적인 판단으로 상황의 핵심을 파악하는 통찰력이 있어서 내가 배울 게 참 많았고, 의지하기도 했고 그건 지금 나를 이루는 어떤 한 부분이 된 것 같다.

이후에도 나는 너처럼 예쁜 사람을 본 적이 없어. 묘하고 예쁘고 치우치지 않고 맑음에 자신을 계속해서 알아나가고 그로 인해 점점 더 아름다워지던 똑 부러진 아이. 뭘 하든 어디서든 잘 해낼 애라 이 아이의 다음이 항상 궁금하다.

그리고 너는 정말 잘 해내고 있구나.

내가 너한테 이런 말들을 어떻게 직접 할 수 있을까?

돌아보면 우리는 서로에게 정말 많은 영향을 주고받았다고 생각해. 그 시기 서로에게 가장 결여돼 있던 부분들을 더해주고 덜어주고 자신을 믿을 힘을 저버리지 않도록 응원하고. 어쩌면 너는 그렇지 않다고 이야기할지도 몰라.

뭐 어때. 우리가 있던 그 날들이 우리가 가야 할 원래의 길, 스스로의 영혼들이 진정으로 향해가야 하는 길로 제대로 돌아갈 수 있게 도와준 것임은 분명한걸. 그러니 어떠한 소름 끼치던 나날도 이렇게 돌아보면 감사하지. 우린 지금 잘, 제대로 나아가고 있으니까.

나는 그때 너를 정말 많이 사랑했어. 성을 떠나 사람을 사랑하게 된다면 딱 이 마음일 거다 생각했어. 네가 보고 싶다기보단, 너는 항상 나에게 옥과 같은 예쁨이고 스스로가 흔들리는 순간에 참고 견디다 한 번 들여다보는 나의 굳은 심지라. 맞아 나는 나를 둘러싼 원의 흔들림이 너무 강해질 때면 너를 찾아보곤 해.

자주는 아니야. 아주 간혹. 1년에 한두 번, 두세 번일까. 나는 다시 내 음악을 잡으면서 내 반석을 잘 굳혀 말리고 있으니 이제 내 최종 파워의 보스로 너를 찾아보는 횟수는 점점 더 줄어들겠지. 나는 이렇게 멀리서 내가 너를 생각하기에 연결되어 있는 것, 그것만으로도 참 좋더라. 요즘에야 인터넷으로 뭐든 볼 수 있다지만, 자주 들여다보면 왠지 내 애탐이 애타는 것이 아니게 되잖아. 그만큼 네가 나에게 귀해지지 않을까 봐. 무엇보다 조심히, 아끼는 비단 천에 사복사복 접어 가장 안전한 곳에 둔 무언가라 가끔씩 꺼내보는 옥빛이야.

우리는 둘 다 어렸고, 하필이면 (아니면 그랬기에 우리가 서로 만난 것인지) 가장 힘든 시기에 서로의 옆에 앉아 있었고, 나의 불안과 흔들림이 분명 많은 날에 널 의심하거나 믿지 않는 거로 느껴졌을 수도. 당시 우리 둘을 둘러싼 환경이 사람이 말들이 우리 사이 실을 팽팽하게 잡아당기기도 했으니까.

그런 나에게 상처받은 적이 많았을까?

나는 네가 남긴 수많은 문장 중, 그 무수히 많은 문장 중 몇 가지에 마음이 찌릿찌릿 아리기도 했어. 이제는 잘 보여. 그게 우리를 둘러싼 환경이 끊임없이 부추긴 우리의 곤두섬이라는 걸. 내가 제일 곤두서 있을 시기에, 너도 내 옆에 있었기에 분명 나는 어떤 부분에서 너를 힘들게 했고 상처 준 것들이 있겠지.

그 겹겹의 오해들 속에서 그 언젠가에만 내 알맹이가 스리슬쩍 보였으면 좋겠어.

내가 너를 정말 많이 사랑했다는 걸.

나는 그게 사랑이었다고 생각해. 아직은 그 사랑을 뛰어넘는 사람을 나는 만나보지 못했어.

네가 나의 '가장'으로 남는대도 좋을 거 같아. 너는 그럴 가치가 있어. 가치 있는 것들을 내가 바라볼 수 있게 도와준 애니까.

때로 사람들이 물어봐. 너에 대해. 혹은 그와 전혀 무관한 질문이지만 나는 너밖에 안 떠오르는 질문(지금껏 본 사람 중에 누가 제일 예뻤어 같은 것)들. 내 안에서 너를 따라잡을 사람은 없는걸.

그렇게 예쁘고 똑 부러진 너를 지긋이 오래 지켜봐야만 알 수 있는 그 너의 귀여움들도 나는 아주 많이 알고 있어. 그리고 그것들을 정말 좋아해. 이렇게 너를 떠올린 날엔 네 특유의 청량함이 떠올라 웃음이 사뿐사뿐 터져 나온다.

그날의 우리들은 쏟아지는 상처의 창들 아래 (그곳은 앞으로도 다신 겪지 않을 너무 참혹했던 전쟁터) 강하고 확실하지만, 무엇보다도 때 타지 않은 영혼의 공기를 지키기 위해 하루하루를 보내는 것, 이것이 우리의 유일하고 가장 큰 목표였지.

많은 것들을 해나가는 지금도 나는 우리가 여전할 거라고 생각해. 우리가 계속 그렇게 커나가면 좋겠어.

이게 아직 너보다 더 사랑하는 사람을 찾지 못한 이유가 아닐까?

김포
일기

01. 2022. 03. 28. 04:12

2013~2014 매일매일 가던 곳

내가 입원했을 때 유일한 상담처

내 맘속 별 세 개 중 하나 내가 언제나 의지하던 분

내가 많이 많이 사랑하는 분

집에는 선배에게 빌린 롤랑 바르트 책이 아직도 있다.

언제라도 꼭 돌려 드리려 했건만.

이제는 내가 하나 추억할 게 있어 다행이다 싶은 건,

이젠 내 보물이라 간직하고 싶은 건 너무 욕심인가요?

선배는 분명 허허 웃으며 가지고 있어라 했겠지

그걸 알기에 더욱 돌려주고 싶었다.

여기에 꾹 눌러 기록해 두려고.

다시는 사진첩을 뒤질 필요 없게.

02. 2022. 03. 28. 13:50

수요일 오후 세 시엔 가까운 지인들이 모여서 선배에게 인사하는 행사를 갖기로 했다. 감사하게도 나도 초대해 주셨다. 선배의 유골은 미국으로 가져간다고 한다. 그게 당연한 건데도, 내 마음은 왜 이리도 슬프지. 나는 그럼 어디서 선배랑 수다를 떨지. 듣고 싶은 얘기들이 너무나 많은데, 어떡하지.

선배가 선배 영혼 한 조각만 복숭아에 두고 가면 좋겠다. 원할 때 언제든지 찾아가 마음껏 수다 떨게. 아니면 빌려준 책에 반 조각만이라도 두고 가면 안 돼?

아니면, 괜찮아. 거기 있는 곳으로 내가 만나러 갈 테야.

03. 2022.03.30. 15:50

가는 중 민승 감독님 연락이 왔다. 유가족분들이 코로나에 걸려 일정이 취소됐다고. 어쩐지 내가 선배랑 너무 먼 사람처럼 느껴졌다. 한 손엔 화이트 와인 한 손엔 선배가 자주 먹던 바나나, 방울토마토, (내가 선배에게 자주 사가던 귤이 없어) 천혜향, 이것만으로도 여로워 딸기도 한 바구니를 잔뜩 껴안고는. 그 순간에 나는 꼭 내가 끼면 안 되는 자리에 가고 있었던 것만 같았다.

다시 집으로 방향을 바꾼 길엔 벌을 받는 기분이 들었다. 몇 년간 연락하지 않은 벌. 누구한테 얘기할 수 있을까. 나는 언제나 엄마와 준석 선배 이야길 나누곤 했는데. 선배는 내게 있어 정원영 교수님과 같은 하나의 별로 자리한 존재였다. 누가 믿어줄까. 우리가 진정 친밀했다고.

-보고 싶은 사람이 있으면 만나러 가라.-
그런 노래 한 구절이 떠올랐다.
재일 오빠가 예전에 보내줬던 노래다.

236

보고 싶은 사람이 있으면 만나러 가고, 생각나는 사람이 있다면 안부하도록 해.

이게 뭐 그다지도 어렵다고.

—

2022.04.04. 19:23

요즘은 자꾸 운다.
밤이 되면 마음이 솔직해진다.
그렇게 울지 않은 날엔 꿈에서 꼭 울고 있더라.
차라리 침대 위서 펑펑 울면 다음 날 아침이 후련하다.

선배랑 메일을 주고받던 기억이 떠올랐다.
노래를 부르면 노래를 봐주던 순간이 떠올랐다.
같이 녹음실에 있었던 날은 흐릿하다.
같이 작업했던 노래를 나는 도저히 들을 자신이 안 선다.

하루를 보내는 중 웃기도 하고 농담도 하고 나면
집에 와서 실은 밝은 척했던 것인지 자괴감이 든다.

메일함엔 당시 주고받던 메일이 남아 있을 테다.
시간에 차마 사라지기 전에
어디 저장해 놓으면 좋겠는데…
차마 열어볼 용기가 안 난다.

슬픔에 얼마만큼 솔직해져야
이다음으로 넘어갈 수 있을까?

금성에서 토성까지

2020.01.24. 08:41

[Inner Space]

; from "Venus" to "Saturn's voice"

나는

그것이 네 선택이라면 그조차도 좋다고.

너를 탓하는 일은, 떠난 이를 탓하는 일은

절대 없을 거라고.

-

나는 있지

오빠랑

덕이 언니가

지금쯤 유유자적하게 우주를 수영하고 있을 테니

그걸로 감히 조금은 평온해.

누군가는 나와 같은 생각으로

별들의 행복을 빌어주고 있을까?

-

모두가 자신의 깊은 곳에 각자만의 우주를 품고 있듯,

우리의 사후도 나는 분명

아름다운 행성과 별들이 가득한 우주의 한 곳이라 생각해.

유영하는 기분은 어때?

그 선택이 행복을 향한 선택이었을 테니

나는 그저 자유롭기를 소망함.

너는
왜 나를 좋아해?

고양이는 완벽한 생물체다. 귀엽고 예쁘고 보송보송하고 화장실도 혼자 잘 가고 밥도 혼자 잘 먹고 그르렁그르렁 애교도 피우고, 옆에 쏙- 두 뼘 정도 떨어져 붙어 있고. 눈을 돌리면 늘 내가 볼 수 있는 시야 안에 있다. 이것만으로 너무 귀엽고 사랑스럽다. 눈이 마주치면 큰 눈을 천천히 감으며 눈 뽀뽀를 해준다. 그럼 나도 뽀뽀. 그리고 고양이는 선하디선해 어째서 이런 것인지 궁금해질 만큼 천사다.

어떻게 이렇게 착한 거지? 고양이들은 왜 이렇게 다 착한 거지?

호기심이 많아서 눈앞에서 뭘 달랑달랑 흔들면 눈동자가 바삐 움직이며 (그게 뭐든) 자기가 잡을 준비를 시작한다. 자다 일어나서 발을 뒤척이면 발바닥에 보송보송한 따뜻한 게 닿는다. 뭐야, 이 물렁하고 따뜻한 건? 하고 정신을 세우면 그건 당연히도 고양이들이다. 왜 그렇게 옆에서만, 내가 잘 보이는 데서만 자고 싶니. 물어보고 싶다가, 그 기분을 알겠다 싶다. 다섯 살 꼬꼬마 때 엄마가 나갔다 돌아오면 신이 나서 앞구르기를 하고 엄마 옆에만 붙어 있고 싶던 그때의 나랑 비슷하지 않을까 하고(실은 스스로 깨달은 기분이 아니라, 엄마가 알려준 거다).

"엄마, 애네들 내가 집에 오면 신나서 막 마중 나와 있다? 집 들어오면 앞에서 애교 피우고 난리나. 왜 그런 거지?" 엄마의 답은 간결하다. "너 어릴 적에 엄마 기다리던 거 생각해 봐."

이후 나는 고양이들의 사랑스러움 안에서 내 모습을 발견한다. 점점 더 너를 이해할 수 있게 된다. 그럼에도 버릇처럼 나오는 말. "나를 왜 이렇게 좋아해?" 웃음 가득 띤 채로 고양이 얼굴에 뽀뽀를 잔뜩 선사하며 버릇처럼 묻는다. 어쩜 나를 이렇게 좋아할까. 우리는 이 질문을 연인 사이에서도 한다.

시작 단계의 연인들에게 필수 코스인 에피타이저 같다.

"너는 나를 왜 좋아해?"

이때의 '왜'는 고양이에게 물을 때의 '왜 이렇게 많이'보단

'콕 집어 이유를 말하시오'에 더 들어맞는다. 나는 대답을 하는 이들의 다양한 답들에서 무엇을 알고 싶다기보다, 그 질문을 하는 사람의 마음이 궁금했다.

어떨 때, 어떤 마음일 때 나를 왜 좋아하는지 궁금한 걸까. 많이들 하는 이 질문을 나는 우연히라도 한 번도 해본 적이 없다. 상대에게는 몇 번 들었던 기억이 난다. 그렇다고 해서 내가 덜 좋아했다거나 가볍게 만난 것도 아니었다(가볍게 만나는 것도 능력이 있어야 가능한 거라는 덧붙임도 함께).

주변 친한 친구 하나는 정말 '궁금해서' 이 질문을 남자친구에게 던졌다고 했다. 얘는 도대체 뭐가 좋아서 나를 만나는 거지? 나는 그게 확신에 관한 질문 같았다. 상대가 확신을 주지 않아서인지 스스로가 확신이 없어서인지, 둘 다인지는 내뱉는 자만 알겠지.

그 외에 내가 들었던 '나를 왜 좋아해?' 편들을 돌이켜 살펴보면 뭔가 확인받고 싶어서인 듯도 하고 (역시 나를 좋아하군) 그보다도 그 들뜬 기분에 신남(그냥 아무튼 간에 나 좋아한단 걸 듣고 싶어서, 신나려고)을 더 얹어주고 싶어서 물어보기도 하는 것 같기도 하고. → 이런 경우라면 확신이나 이유가 궁금한 것과는 또 다른 이야기. -서로 좋아하는 걸 알면서 히죽히죽 웃으며 "나 왜 좋은 건데?"라는 드라마나 벤치에서 많이 보이는 알콩함이 되겠다.

호기심, 자기 확신과 믿음, 재확인, 그냥 듣고 싶어서(내 경험치 안에서는 이 이유가 부동의 1위다). 뭐 좋다고 콩고물 하나 더 얹어주면 기분 또 끝내주게 좋으니까.

내가 질문자가 되는 경우엔 -모양은 비슷하나 속내는 전혀 다른- 이런 류의 질문이 나오곤 한다.

"나를? 나를 좋아한다고? 왜??"

여기의 '왜'는 어느 날 갑자기 어떤 연유로 이렇게 된 것인지, 그걸 내가 어째서 지금 알게 된 것인지, 왜? 대체 왜? 라고 풀이된다. 니는 누군가의 사찰한 인사에서 호감이 보이더라도 '에이 설마' 하는 이 건담 같은 로봇 옷을 착용하고 있다. 이런 내겐 호감을 돌리지 말고 직구로 알려줘야 아, 그랬구나 한다. 조금이라도 코너를 돌아서 말하면 그냥 사람끼리의 호감이나 예의로 치부한다.

그런 나에게 고양이들이 표하는 사랑은 자연스럽게 다가오는 걸 보면, 아가들의 호감은 어느 면에선 당연하고, 분명

한 면에선 갑작스럽지 않은 일인 게다. 그런데도 내가 평소엔 지니지 않았던 '왜'가 내게도 나온다. 고양이들에게만.

"내가 왜 그렇게 좋아? 내가 왜 좋은데?"

이건 히죽히죽 웃으며 네 마음 이미 다 알고 있지만, 콩고물 조금 더 얹어서 더 히죽거릴 테다의 왜가 맞다. 대답 없는 메아리가 돌아 돌아오고 다시 메아리를 날리기도 하건만 나는 고양이들의 대답을 전부 알 것 같다. 내가 너를 사랑하는 것처럼 너도 나를 사랑하구나. 그렇다면 나는 내가 너를 왜 좋아하는지에 대해 읊을 수 있을까?

나의 사랑에 왜는 없는걸.

나 진짜 네가 너무 좋아 너무 너무 좋아, 좋아 더하기 좋아로 좋아 이게 내 대답이야.

이런 콩고물은 거부해도 손에 쥐여드립니다. 손님.

귀여운 발 핑크 젤리.

길버트 오셜리반

알 그린

토니 베넷

냇킹 콜

레이 찰스

노라 존스

도리스 데이

나의 포장지　　　　　　　2015.03.09. 20:21

나는 감정의 포장에 익숙한데
내가 기쁨과 즐거움을 과장할 땐
항상 뻔한 답이 내게 주어져 있다.

왜 주어진 현실
지금 네가 느끼는 감정
너의 모든 예감과 직감 그 감각을
부정하고 있니

네가 지금 느끼는 진짜 네 감정을 존중해.

욕심   2016.02.11. 08:51

결정의 번복

불안정한 내가 만들어놓은 형상에 그를 대입해서 보기

그렇든 뭐든 아닌 건 아닌 거고.

다들 닮은   2016.02.22. 14:57

인정받고 싶어서

위로받고 싶어서

칭찬받고 싶어서

사랑받고 싶어서

참 오래오래.

새벽녘　　　　　　　　　　　　2017.02.04. 20:14

처참한 새벽을 어찌 이겨냈다.

그리고 끄적끄적 끄적. 지웠다.

이런 버거운 단어는, 이제 쓰지 않을 테야.

진심　　　　　　　　　　　　2017.12.29. 23:57

진심은 전부 다 마음으로 전해지기에,

그래서 오히려 무서운 거다.

사탕 같은 말보다 훨씬 더

달짝하고 뻐근한 거다.

나를 행복하게 만드는 방법은

이렇게나 쉬웠는데

관계의
연금술

친구의 이야기를 듣고 느낀 것과 뒤이어 생각나는 과거의 나를 돌아보며 만든 주문 과정.

1. 관계든 사랑이든 양쪽 다 노력해야 한다니깐.

나 50%, 상대 50%. 가끔 사정(한 달 후까지 프로젝트를 완성해야 해서 당분간 잠 못 자게 바쁘다던가)으로 시소 타기가 생겨도 쨌건, 돌아와 다시 절반 대 절반. 나도 노력하고 당연히 너도 노력하고.

2. 잘 살펴보면 어떤 불만이건, 외로움이건 결국 내가 '나' 에게 해줘야 할 것을 상대에게만 바라며 생기는 것이다.

여기서 반복하여 중요 체크 포인트 한 번 더, *[내가 '나'에 게 해줄 것].*

'나' 자신은 나에게 받길 원하는데 우리는 자꾸만 헛다리.

'나' 암만해도 말이지, 너도 말고 상대도 말고 나에게 받고 싶어서 이렇게 대놓고 소리치는데도 그 비밀의 연금술을 듣지 못하는 우리네.

그런데 거기에 제곱으로 두둥, 관계의 상대도 나와 똑같이, 자신에게 해줘야 할 것을 내게 바란다면, 그렇게 서로가 서로에게 원하고만 있다면 둥, 이 관계는 파국.

다시 그리 반복 무한 도돌이표.

(이쯤 되면 관계와 파국엔 자석보다 더 강한 관성이 있는 건지 의심된다.)

3. 1로 돌아가 볼까. **양쪽의 노력, 그 노력에 대해.**

단순히 '잘해주자'라는 노력이 아닌 걸 알아야 해.

이 노력이란 '나'를 사랑 에너지로 잘 채워주는 노력.

50대 50, 절반 대 절반 그렇게 멀리서 보면 100.

차 있는 반쪽과 차 있는 반쪽이 만나 전부 차 있는 거.

그것이 잘 사랑하자는 이야기.

'나'를. '나'의 너를. 너 자신을. 또 '너'의 나를.

'나'를 잘 사랑하는 거. 너도 **'나'**니까.

자, 이 문단에 숨겨진 관계의 연금술.

그 비밀을 알아차렸니?

쉽게 보이는 게 어딨어-. 꼭꼭 숨겨놔서 볼 수 있는 사람들만 보게 하는 게 연금술이래.

아주 오래전에 발견된 관계를 향한 연금술

사용 방법:
사람/타인과의 사랑으로 빈속을 채우려 하는 것이 아닌 '나'를 '나'의 사랑으로. '나'를 채우면 네가 채워지고 네가 채워져 있는 건 '나'가 채워지는 것.

쉬운 주의 사항:
'나'가 받고자 하는 걸 상대에게 받고자 하면 나를 만족시킬 수 없습니다.

관계의 방법론

J와 H의 대화 중 J의 말에서 발췌

문제는 말이야, 어쩌면 문제는 이게 올바른 사랑의 방법 이라고 확신하며 정의 내려 보여주는 수많은 매체들 때문일 지도. '좋은 관계는 나에게 1, 2, 3, 4, 5를 해줘야 한다고…? 얘는 어떻더라…? 안 그러는 거 같은데?'

어떤 부분에선 그 참고서들이 도움은 되겠지. 전체적인 맥락으로 살펴보면 너무 배려하지 말고 욕심부리지도 말고 (크나큰 배려도 결국 나의 욕심이니) 날 배려해 주는 사람을 만나라는 거니까. 사람들이 정해놓은 사랑의 체크 리스트를 하나씩 클리어하며 '휴 나는 1, 2번은 해당되군' 안심하기도 하고 뿌듯해할 수도 있으니.

음? 잠깐. 이렇게 써놓고 보니 이거 이거, 그거 딱 하나만 도움 되겠는데?

'누군가가 정해놓은 좋은 사랑'을 "나도" 하고 있다며, 잠시 안심하는 그런 도움. 이거 원, 그 도움에 안심하면 뭐 해? 시간이 금세 알려줄 텐데. 남들 사랑 하나와 비슷하다고 그게 내게 정말 이로운 '좋은' 사랑은 아니란 것을.

이런 것들 말야, 그 사랑 참고서 전부.

뭔가 핵심은 빠지고 겉만 빙빙 도는 이야기야. 돌고 있는 원의 테두리 안에 무엇이 있는지는 알고 있어? 무언가 없을 수도 있단 걸 알고 있어? 바라보려 한 적은 있어?

들어봐, 누군가는 △란 선물을 좋아하고 누군가는 △란 선물을 싫어할 거야. 성향부터 다르기도 하지만, 우린 매일 계속 달라지잖아.

스물한 살에 '앞으론 이렇게 해야겠어' 했던 게 스물일곱 살이 되면 예전 다짐과는 멀어져 또 새로운 다짐을 하게 되고, 서른한 살에 절대 용납 못 한다고 했던 게 서른여덟 살엔 그거참 별것도 아니었는데 하고. 나이가 더 들어서도 마찬가지. 어쩌면 마흔 살에는 '감정을 절제하는 게 사랑이야, 이제 좀 알겠군' 하다가 예순 살이 되면 '역시 스물한 살의 사랑이 옳았어!' 할 수도 있단 말이지.

느끼는 건 계속해서 바뀌고 단언할 수 있는 것들이 없다는 걸 알아가면서, 올바르다고 확신할 수 있는 게 어디 있겠어. 누가 정할 수 있겠어. 뭐, 세상을 떠나기 전날, 삶의 마지막 날(그 삶의 길이가 짧든 길든). 그날에 다다라서야 지나온 자기네 사랑들의 결말을 알 수 있지 않을까. 마지막 그 전날까지도 관계를 바라보는 내 시각은 꾸준히도 변화하고 있을 테니까.

어제는 초코, 오늘은 딸기더라도 사랑 체크 리스트가 맞는 듯해. / 리스트는 무슨 리스트야 다 다른데.

친구들이 내 애인 나쁜 것 같다고 의심해 보라던데. / 의심은 무슨 의심, 지금 우리 사랑만이 옳아! 등등…등.

내년도 내후년에도 새로운 사랑을 알게 될 사람들이 말하는 사랑 참고서. 그런 리스트를 우리가 신경 써야 할 필요가 있을까? 바로 내일이면 효력이 없어질 것을. 내일이면 그들은 또 새로운 방식의 사랑을 배울 테니까. 이 부분은 아니다 싶어 개정할 테니까. 그 개정판은 출판하지 않아 인터넷에선 볼 수 없는 것일 수도. (내일이면 다시 변할 그 개정판, 누가

수정하려 들겠어.)

나는 연애는 이렇게 하세요, 사랑은 이렇게 하세요. 이런 글들을 안 좋아해. 봐, 이렇게도 유동적이잖니. 이렇게 흐르는 걸 한 곳에 고이게 보는 건 오만이잖니.

자, 자, 긴 이야기로 도달한 여기. 이제부터 내가 이야기할 건 사랑의 방법, 연애하기 좋은 사람의 기준, 연애 잘하는 방법, 그런 건 아니야.

다른 거 없어. 원 안에, 지도를 만들어나갈 시작점에 기둥, 핵심만 잘 세워놓자는 거지. 그 기둥은 '너와 내가 같이 해나가는 것. 나는 나 사랑 너 사랑, 너는 너 사랑 나 사랑'이라는 글귀가 새겨져 있고.

참고해도 되는 건 이 글귀밖에 없어. 이 기둥을 토대로 움직이며 나아간다면, 나를 채워주지 않는 상대에게 자꾸만 바라는 나 때문에, 내가 아플 일은 줄어들겠지.

당당하게 늘어놓는 나라고 잘할까? 물론, 아니야.

우리는 자꾸자꾸 저울질하겠지. 여차하면 또 삐걱대겠

지. 절반씩 노력하라니 말만 참 쉽다고 코웃음 치며 잊겠지.
그래도 그 안의 원심점에 기둥이 있다면 다시 돌아와 '자, 저번엔 이런 걸 느꼈으니 보완하고 다시 시작해 볼까. 이번엔 기둥에 새긴 거 잊지 좀 말고!', 그러다 아 또 깜빡했다 하며 다시 쓰리게 돼도 단단한 기둥이라 쓰러지지 않는 원심점에서 다시 시작하고.

그렇게 이번엔 이쪽, 저번엔 저쪽. 꽃잎 모양을 그리며 사방으로 나의 세계를 넓혀가는 거야. 그려지는 건 포물선이니 왠지 푹신할 것만 같아.

기둥에 새겨진 글귀 그건 100으로 잘 사랑하자는 이야기. 잘 사랑한다는 건 '나'를. '나'의 너를. 너 자신을. 너의 '나'를 사랑하는 거.

'나'. '나'를 사랑하는 거. 너도 '나'니까.

술술 풀어도 그냥 이거 하나야.

이 문단에 숨겨진 연금술을 발견했니?

이제 둘이서 관계의 포물선을 그려보자.

정리
안 하는 게 아니고

집 상태를 보면 나의 현 상태를 쉽게 알 수 있다.

가끔 고향에서 올라오는 엄마는 내 집에 들어오며 내 상황을 정확히 진단 내린다.

깨끗 말끔할 때: 어머, 잘 지내고 있네-?

어수선 혹은 엉망일 때: 얘! 연락하지 그랬어! 어디가 아픈 거니?

몸이 아프면 집 안은 난장판이 된다.

치우고 제자리에 둘 기력이 없어서다.

한번은 당시 알아가던 친구가 드릴로 여러 가지를 뚫어주기 위해 집에 잠시 왔었다. 하필 직전까지 끙끙 앓았던 나는, 나은 후 곧바로 일 무더기에 들어가 있었기에 집 꼴이 엉망이었다. 몇 주간의 택배 상자가 집 안 곳곳에 쌓여 있었다. 그 친구는 조금 놀란듯했고 그 잠시에 온 집 안을 아주 여기 저기 싹싹 눈에 입력시켰더라. 그는 청소에 대한 조심스런 권고를 날린 후 "너 정리를… 안 하는구나…"라는 무언가 뼈 있는 말을 넌지시 던졌다.

우린 깊은 관계로 발전하지 못했다. 그렇게 잠깐 알아가다 끝. 내겐 여유가 없었고 여유가 없는 만큼 상대를 배려하고 이해할 수 있는 마음 공간도 없었다. 알아가고 맞춰볼 시도도 없이 그렇게 마무리.

친구들은 장난삼아 나를 놀렸다. 애 청소 안 해서 차였대요~. 나는 저 말이 무지 웃겨서 "흑흑 그것 하나로 차이다닛! 당장 술 마셔야겠어!(맥주 한 모금 꼴깍, 그걸로 끝)" 하고 받아쳤다.

그러나 그건 그거고. 한 가지가 계속 마음에 걸리는 거다. '잠깐. 이대로면 그 친구는 나를 엄청나게 더럽게 하고 사는 애로 기억하는 거잖아?' 나는 이게 좀 억울했다.

진짜로 그렇게 지내는 시간이 더 많으면 모를까 몸이 건강하고 혈액 순환이 잘되는 때의 내 집은 말끔하고 깨끗하다. 설거지를 바로바로 하는 걸 좋아하고 청소기를 매일 돌리는 버릇을 가지고 있다. 빨래 개기는 내가 아주 좋아하는 집안일 중 하나다. 택배 상자는 생기는 즉시 해체해서 분리 수거 날까지 한쪽에 모아둔다.

물 때엔 구연산, 세탁해도 빠지지 않는 얼룩엔 과탄산소다, 웬만한 건 베이킹 소다로 해결. 이런 생활 지식을 알차게 사용하고 있고 개중에서도 과탄산소다로 옷에서 얼룩 빼내는 일을 할 때 나는 굉장한 재미와 즐거움을 느낀다. 냉장고 안은 줄지어 정리해 놓기를 좋아하고 이불 빨래와 이불 건조도 즐긴다.

즉, 그 친구의 불시 방문 시기엔 이 모든 것이 되어 있지 않았다는 소리다. 그리고 나는 변명할 여지도 없이(평소엔 이렇지 않다고 해도 절대 믿지 않았다. 처음 본 것이 그것이니…), 증명할 여지도 없이 그 친구의 기억 속에 아주 지저분한 애로 남겨졌다. 나도 억울할 만하지 않나.

어떻게든 억울함을 풀고 싶지만, 뭐 어쩌겠어. 혼자서 열심히 그 억울함을 풀었다.

내가! 어? 정리를! 이렇게! 이렇게! 잘하는데! 그거! 한 번! 가지고! 나를! 어? 평가한다!고?!

한 단락당 걸레질 한 번이다. 3주 동안 아주 알차게 청소와 살림만 해서 손톱들이 다 갈라졌다. 청소를 반복하며 억울함에서 벗어나기를 3주, 나는 내 일에 다시 시간 분배를 잘해야 했고 지나간 기억은 어찌할 수 없으니 접어두고 언젠가는 그 오해가 풀려서 그것이 오해인 걸 상대가 알게 되는 때가 오길. '안 와도 상관없지만 오는 게 훨씬 좋겠군'이라는 생각으로 청소 전문 업체 같은 청소를 마무리 지었다.

봤지? 내가, 어? 정리를 안 하는 게 아니라고!

과탄산소다 사용 팁: 세탁으로 지워지지 않는 얼룩은 흰색 옷이 아니더라도 하루(하루로 안 되면 이틀) 동안 얼룩진 부분을 과탄산소다를 녹인 물에 담가놓거나, 밝은 옷이라면 전체를 담가도 괜찮더라. 특히 흰색 베갯속은 베개 커버를 들추면 지우기 불가능해 보이는 큰 얼룩들이 보이기도 하는데, 이것 역시 대야에 과탄산소다를 넣어 3-4일 담가놨다 세탁하니 이럴 수가. 눈처럼 새하얘져 베개 커버를 씌우지 않고도 포실포실 안고 잘 수 있다. +한 번은 카멜색 코트와 청바지에 쏟은 레드 와인을 사라지게 한 적이 있다. 그때가 내 과탄산소다, 그 가장 뿌듯한 날이었다. 아 그 쾌감이란!

아날로그와 얼리어답터
그 사이

예전엔 옷에 돈을 많이 썼다. 지금도 디자인이 독특한, 예쁜 옷들을 아주 좋아한다. 갖고 싶다는 생각이 줄었을 뿐.

2년 전부터 나는 냉침을 한다. 냉침은 무척 간단하다.

찻잎+물+병, 끝.

적정량의 찻잎을 물에 넣어 그대로 냉장고에 넣어두기만 하면 된다. -나는 주로 다시마 등을 넣는 거름망에 찻잎을 넣어둔다. 그러면 마실 때 걸러낼 일 없이 간편하다. +상온이나 베란다에 두는 것보다 냉장고 온도와 시간에서 흘러나온 맛이 정말 좋다.-

그렇게 냉장고에 넣고 10~15시간 후에 꺼내서 맛을 보면 놀라운 세계가 펼쳐진다. 어떤 찻잎을 넣느냐 그리고 어떤 찻잎과 어떤 허브를 얼마만큼 섞느냐, 냉장고에 몇 시간 두느냐에 따라 그 맛은 천차만별로 달라지는데 그게 시작해보면 내일을 기대하게 하는 즐거움을 준다. 건강한 즐거움이다. 실제로 정말 맛있다. 한번 '이런 맛이 난다고?'에 빠지면 계속하게 되는 냉침이다.

소비를 옷에서 차로 옮기니 소비도 훨씬 줄었다.

찻잎 몇 가지를 사서 하나씩 냉침을 하면 어떤 차가 나와 맞는지 알 수 있다. 그럼 그다음 찻잎을 고르기 쉬워진다. 때론 내 몸 상태에 맞게 허브를 섞어 냉침을 해놓아도 된다. 뜨거운 물로 차를 우려 마시는 것보다 조금 더 시간이 드는 일이다. 온 하루를 기다려야만 그 모습을 알 수 있다. 어쩐지 아날로그적이라 생각한다.

LP를 틀기 위해 판을 꺼내고, 뚜껑을 열고, LP를 놓고. 그위에 반드시 바늘을 조심히 놓아야만 제대로 된 노래를 들을수 있는 그 과정이 소리를 더 아름답게 들리도록 해준다. 바로 재생되는 것이 아닌, 내 손으로 차곡차곡 과정을 지나 흘러나오게 되는 노래. 이런 점이 냉침에서도 적용된다는 게즐거움을 더한다. 내 손으로 만든 시원한 찻물, 예쁜 색깔의 찻물, 시큼하고 맛있는 찻물, 감칠맛이 나는 찻물.

가끔 곡을 스케치할 때 컴퓨터 프로그래밍을 이용한다. 내가 그런 프로그램을 다루는 걸 보고 주변에서 깜짝 놀라기도 한다. 냉침을 좋아하는 나는 왠지 노트북도 열지 못할 듯한 이미지인가 보다.

세상의 모든 것들은 그 나름의 장단점이 있다.

냉침을, 어디든 선 없이 틀 수 있는 블루투스 스피커의 편리함을 좋아하고, 이제 막 탐문이 시작된 가상 현실Virtual Reality 게임을 하기도 한다. 일렉트로닉 음악을 들으며 놀라운 세계에 감명받기도 하고 일렉트로닉 클럽은 좋은 음악들을 제대로 즐길 수 있는 곳이라 생각한다. 그렇게 정제되는 것들 속에 있다가 다시 두 손과 공기를 거쳐야만 하는 아날로그의 호흡으로. 통기타의 소리, 피아노 소리, 직접 듣는 재즈 연주, 혼자 즐기는 차, 오래된 영화.

나는 아날로그와 편리가 함께 하는 하루들을 살고 싶다.

어느 날은 예쁜 옷이 입고 싶어져 돈을 모아 사기도 하고,

어떤 때엔 신디사이저와 전자 비트 소리만 들어간 노래를 듣고 싶다. 그리고 그다음 날엔 다시 뜨개질을 하며 고양이들 방석을 만들며 1920년대 재즈 음악을 수영할 거다. 블루투스 헤드폰으로. 그 후엔 그림을 그릴 테야. VR을 착용하고 그곳 안에서. 그다음 문방구 칼로 사각사각 초록색 색연필을 다듬어야지.

지금과 과거를 지닌, 그리고 언뜻 미래를 엿볼 수 있는 사람이 되고 싶다. 때론 이랬다가 저기로 변하기도 하고, 또다시 이랬던 때로 돌아가기도 하는 그런 사람이 되고 싶다. 아날로그를 함께 해나가는 얼리어답터야말로 진정한 얼리어답터가 아닐까.

현시점의 나는 갈팡질팡(MP3 무손실 음질을 찾다가 CDP의 맛을 편안해하고 손글씨 메모를 이어가며 최첨단 기술이 뭐가 나왔는지 IT 뉴스 면을 살핀다)이라 '아직' 진정한 얼리어답터는 못됐다만, 통기타가 내 운명이란 건 확실해졌겠다.

오늘의 냉침은 홍차(다즐링 2nd)와 녹차(센차+몽정감로) 냉침 두 가지다. 이를 동시에 해내는 내가 왠지 최첨단 기술에 가까운 아주 기술적인/정교한 사람이라 느끼며.

질질 짜는 사람이 절대 되지 말자고 다짐했다.
-근데 질질 짜는 게 뭐 어때서?

나의 생각은 늘 이것의 반복이다.

그래서 도무지 무언가를 정의 내리는 게 어렵다.
-정의를 꼭 내려야 하나?

그래 뭐, 나는 이런 형태의 사람인 거지.
꼬리잡기의 반복.

스쿠버 다이빙

딥 다이빙

    정말 많이 좋아했다. 우리 사이에 뭐 거대한 뭔가가 있었던 것도 아니었다. 서로 바쁜 상황에서 얼굴 한 번 잠깐 보기도 쉽지 않던 우리가 하는 거라곤 고작 달그락거리는 카톡 하나뿐이었다. 티 내지 않았지만 나는 그 사람에게 의지했고, 그 사람과 나누는 짤막한 대화들이 숨 막히는 순간의 나를 여러 번 구했다.

    그래, 말 그대로 나의 산소통.
    물 내음 가득한 채 뻐끔뻐끔 잠겨버리는 내게
    더 깊이 가지 말라고 자꾸자꾸 산소를 불어 넣어준 사람.

    한번은 그런 일도 있었다. 아니 이런 일이 우리 사이에 살아났다. 2018년 1월 16일, 내 우울함과 불안이 아직 요동치던 때. '스케치북' 방송 녹화가 잡혔다. -'스케치북'은 본방송 전에 두 번의 리허설(드라이 리허설, 카메라 리허설)을 거치기 때문에 아침 일찍 방송국에 가야 한다.-

나는 여태 일하며 방송을 펑크낸 적이 한 번도 없다. 아니 없었다.

녹화 전날 보통 같았으면 저녁 일찍 잠들어 다음 날을 위해 컨디션을 조절했을 텐데….

그날은 그러지 못했다.

16일 새벽, 당장 몇 시간 후의 아침 녹화를 앞두고 나는 한겨울 커다란 패딩에 약통을 바리바리 챙겨 한강으로 날개를 저으러 갔다.

그래. 그러니까 나는 그날 죽으러 갔다.

사람 마음이, 그 마음이 바닥에 바닥에 바닥을 치면, 나를 누르는 수많은 괴로운 생각에 덮여 그게 내 공기가 되어 나를 짓누르면, 몰아 붙여진 낭떠러지에서 죽음만이 탈출구라는 생각에 도달한다.

응봉교를 건너며 나는 꺼이꺼이 울었다. 콧물도 눈물도 마스크 안으로 뒤범벅이야. 지진에 흔들리는 책상처럼 위아래로 널뛰기하는 어깨, 커다래지는 입이 고 와중에 숨 쉴 공기 조금 마련해 줬건만, 그것마저도 지치고 작게 자잘하게 잦아들어 사라져 가고 있었다.

내 안의 다짐은 확고했다. 더 이상 뒤돌아 갈 곳이 전혀 없어서 결국 거기까지 결정을 하게 된 거다. 허망하고 허망했다. 한편으론 이제 이렇게 힘든 것도 끝이다 싶었지.

응봉교 한가운데 도착한 나는, 나는 숨을 한 번 크게 들이쉬고 저 영동대교 쪽 한강을 바라봤다. 검은 물 넘실. 고거 한 번 보고, 한숨 한 번 내쉬고 망설임 없이 패딩 주머니 안으로 손을 넣어 약통을 뒤적였다. 손가락이 약통 뚜껑에 닿을 때였는데, 그때 주머니에 함께 넣어놨던 휴대폰 진동이 울렸다.

무슨 그런 타이밍이 다 있어? 영화에나 있는 거 아냐?
(현실이 있기에 영화가 만들어지는 거라고, 이런 순간들이

나를 가르친다.)

그 나름의 애처로운 상황에서도 그놈의 호기심, 인간의 호기심이란. 휴대폰을 빼서 화면을 들어보니, 어허 거참. 하필 그 사람이네?

내가 좋아하는 사람 그 사람 있잖아.

나 좀 많이 이뻐해 주는 사람.

작업은 어떻게 됐어?

이런 뉘앙스의 문장이 왔던 거로 기억난다.

딱- 하나.

나는 왜 거기에 또 자연스럽게 답장을 하고 있더라.

당장에 그 시꺼먼 물속에 딥 다이빙,

자 세상이여 안녕 나는 사라져 버리겠어!

그런 순간에

틈새도 없이 나는 손에 익은 엄마 전화번호처럼 꼼지락 답장을 썼다.

띡-, 나도 하나.

그러고 나니 말야.
그러고 나니 우습게도
내가 여기서 뭐 하고 있지? 싶더라.

약을 먹고 몸을 던진다는 생각 자체가 상당한 다짐이 필
요한 일이었고 긴 시간이 나를 거기로 내몬 만큼 가볍게 흔
들릴 다짐도 아니었다. 그런데 그 꿋꿋하던 다짐이 일상의
한순간으로 지워져 버린 거다.
정말 지극히 평범한 한순간.
좋은 감정이 오가는 상대와 메시지하는 거.
그거.
나한텐 항상 특별한 순간.

그날, 나는 그대로 응봉교를 건너, 성수대교를 건너 압구
정 24시간 카페에서 레모네이드를 한잔하고 해가 중천일 때
녹화를 갔다. 팅팅 부은 얼굴로 생애 처음 드라이 리허설을
펑크내고선!

혼도 나고 면목도 없이 죄송했지만, 그래도 한편으론 내가 더 없는 큰 경험을 한 것 같아.

오빠는 내 은인이었고
지금도 내 인생 제일 좋은 추억이야.
내가 잘 숨 쉬고 헤엄쳐 검은 물 밖으로 나오게 해준 사람.

언젠가 오빠가 이 이야길 읽어주면 좋겠다.

*

그래서 내가 오랜 시간 오빠에게 고마워했던 거라고.
오빠에게 연락도,
이 글이 있단 것도 나는 이야기하지 않을 거지만
좋은 마음을 품고 있으면 그건 언젠가 전해진다는 거
그것만 믿고 있을게.

항상 고마워. 많이 아껴.
오빠는 여전히 내 소중한 사람이야.

이젠 혼자서도 잘 헤엄치지만, 가끔 그 언젠가는

연락할 이유가 생길까?

뭐, 그렇지 않아도 괜찮아.

우린 이제 서로에게 배운 게 있잖아.

자 우선, 이대로 안녕.

내 두 발로 더 걸어볼 테야.

호호
할머니

예전에 영혼까지 아름다운 사랑스런 친구분이
"나는 할머니가 돼서 빨간 립스틱 바르고
꼿꼿한 허리로, 5개 국어를 하는 게 꿈이에요!"
라고 했다.

'아앗 나도 꿈이 할머니인데!!'

거기에 5개 국어 하는 할머니라니. 왠지 멋져서
나도 그냥 할머니 말고, 뭔가 재밌는 능력치를 가진
할머니가 돼야겠다 다짐했다.

오늘은 오랜만에 그 친구분에게 연락이 왔다!

그분은 훌쩍 떠나서

여기저기를 돌아다니고 계신다. 이것마저

'너무 멋져… 낭만적이야…!'

라고 감동하는 나는 오늘도 멋진 할머니가 되기 위해

연필을 든다.

나는 내 전용 능력치로, 레벨업

아주 근사한 호호 할머니가 될 테다.

열등감이라던가
질투라니

이와 같은 감정은 느껴본 적이 없다. 나 자신 바라보기 바빴기 때문이다. 내가 생각한 목표에 다다르고 싶고 그런 내가 되고 싶고 나와 나를 비교하기에도 정신없었다. 누군가를 질투하거나 견제하거나 소위 열등의식을 느껴 누군가의 불행을 바란다던가, 누군가를 미워하는 부러움을 느끼며 화가 난다던가. 나는 어릴 적부터 이런 감정이 싫었다. (질투는 여전히 나에게 거북한 감정이어서 친구 사이, 특히 연애 관계에 앞서선 재빠르게 검열한다. 질투 유발이라던가, 내가 질투할 상황들이 보인다면 아예 시작부터 안 하려는 식으로. 누군가를 견제하고, 그래야 하는 감정이 끔찍하게 싫다.)

이런 상황이 생길 것 같으면 의도적으로 피했다. 같은 남학생을 좋아하게 됐을 때 곧바로 친구를 응원해 준다던가. 누군가는 이를 듣고 나에게 착하다 했지만 이건 착한 게 아니다. 나는 그냥 그런 복잡한 일에 휘말리고 싶지 않았다. 친구끼리 욕하며 말 많아지며 신경 써야 할 게 많아지는 상황에 들어가느니 그럴 바에 안 하고 말았다.

성인이 돼서도 마찬가지다. 어릴 적보다 오히려 마음이 약해지면서 필요 이상으로, 내 기준에 벗어날 정도로 포용하고 이해하는 내 짧은 역사에 있어 최악의 면모(몸이 아파진 것과 생각 뭉텅이의 방에 갇혔던)가 생겨나기도 했지만, 이 부분은 그 나름으로 잘 유지됐다. 쓸데없는 과한 감상으로 뒤늦게 이러한 상황들을 인지하게 된다 해도, 그 순간 나는 바로 손 뗀다는 식이었고, 이십 대의 시행착오 후 지금의 나는 이전보다 빠르게 인지해 검열하는 편이다. 지금의 검열은 싫고 좋고를 모두 떠나, 에너지 소모로 내 할 일에 방해될까 하는 단순한 이유다. 이러한 형태의 감정은 에너지 소모가 크다. 내 마음에는 도무지 그 색이 들어맞질 않는, 내 안에 들이는 순간 나만 피폐해지는, 나에게는 그런 감정들이다.

감정의 산물을 음악이나 그 무언가로 만들기로 한 내게, 이건 결여나 결핍이지 않을까.

이십 대의 허리케인을 지난 후 내가 하는 생각이다.

나 역시 그 시기에 '이런' 감정들을 느껴보게 됐기 때문에, 이 감정들이 한편으론 얼마나 중요한 것이던지.

몸이 아프며 가장 불편했던 통증은 마음과 정신의 통증이었다. 당시 마비와 근긴장이상증은 기타를 칠 때 사용하던 근육 위주로 생겨났고 하루다운 하루를 보내는 방법은 기타를 치지 않는 것이었다. '이렇게 됐으니 어쩔 수 없지' 생각하고, 쉽게 받아들이고, 답이 없는 건 바로 다음 단계로 넘어가는 게 본래 내 성정이다.

다시 소속사와 계약을 하며 활동 재개를 한 나는, 나라는 사람이 내 안에 담기엔 버거운 감정 때문에 하루하루의 시작이 엉망이 되어갔다. 심술이 나고 화가 나는데 도통 이유를 모르겠고 기타 치는 게 어려우니 피아노와 보컬만 해보면 어떻냐는 이야기에도 그래야지 싶다가도 그래야 하는 나와 내 상황에 짜증이 나고 이 모든 게 싫어지고. 하고 싶은 마음, 시도해 보고 싶은 마음도 들지 않아 마음만 쿵쿵쿵쿵 고동치던 시기.

어느 순간 알았다. 내가 기타 치는 사람들(무엇보다 기타를 치며 노래 부르는)을 보면 더 화가 나고, 밉고 심술부린다는 걸. 대체 왜? 그 사람들이 뭘 잘못해서? 나랑 안 맞는 사람이라서? 싫어서?

아니. 나는 기타 치는 사람들이 부러워서 화가 났고, 죽을 만큼 부러워서 그런 기분을 느끼는 나 자신에게도 화가 나 있었다. 그땐 이 감정을 인정하는 게 자존심이 상하고 굴욕적인, 굴복하는 것만 같은 기분이 들게 했다. 마주하기 싫어서 계속 고개를 돌려왔기에 뒤늦게 본질을 깨달았다. 그리곤 인정했다. 나는 열등감과 질투를 느꼈다. 피해온 감정이었던 만큼 댐 무너지듯 쏟아져 내렸다. 기타를 치기 어려워진 것부터가, 사실은, 내게 정말 받아들이기 싫고 인정하기 싫은 일이었다.

'받아들이고 인정하는 것처럼 쉬운 게 어딨어. 왜 그걸 못해. 왜 굳이 열등감을 느끼며 누굴 질투해 피곤하게.'

이렇게 생각하고 그 자리를 피했던 게 언제더라.

조용히 입은 다문 채 두 손만 들어 올리며 그 자리를 떠나버리던 내가 언제더라.

그날들의 나는 시원히도 지워져선, 이런 내가 정말 모난, 추한, 못된 사람이라고 생각했다. 세상에 화가 나고 나에게 화가 나고 기타를 치는 사람들을 보면 그 심술과 화가 더 커지고. 그런 감정들 자체가 나에게 고통이 되어 와도 죽기보다 싫은 게 내가 기타를 치기 어려운 상황이 됐단 걸 받아들이는 거였다. 인정할 수 없었다.

다른 것들은 그렇게 쉽게 받아들이고 인정하던 내가, 타인의 질투나 열등감을 평가질하며 피하던 내가 보기 좋게 그 안으로 들어가 그것 자체가 됐다.

지금 돌아보면 이런 나를 시인하게 된 것도 결국엔, 나 자신이 너무 고통스러워서였다고 생각된다.

나를 좀먹던 감정들 안에서 하루가 멀쩡했을까. 잠드는 것과 눈뜨는 것 자체가 지옥 같았다. 그 쫓기는 꿈들이 숨 못 쉬게 통증이 되어 돌아오니 어떻게든 나아지고 싶었다. 발버둥 쳐서라도 지금보다 나아지고 싶은데 대체 나는 왜 계속 다, 또다시 제자리지.

그렇게 수없이 질문을 던진 시간이 쌓이고 쌓이고 나서야, 이 감정 안에서 도저히 견딜 수 없는 시기가 되고 나서야 나는 내 질투와 열등감을 받아들일 수 있었다.

아 나는 지금 기타 치는 사람들이 부러워 죽겠는 거구나.

내가 선택하지 않은 상황으로 내가 기타를 못 치게 된 게,

죽어도 인정하기 싫었던 거구나.

그곳에서 발을 빼내기는 득도와 결이 비슷한 수행이지 않
나 싶다. 화가 나면, 그 순간부터 계속, 지지 않고 인정하라
고 내게 외쳤다. 너 지금 그거 이유 없는 화야, 이유는 그냥
너 하나고, 네 안에만 있어. 그렇게 나 자신과 다투는 나날의
이어짐이었다. 인정해, 싫어, 인정하라고, 아니 네가 틀린 거
야. 조금씩 수그러들던 나는, 무엇이 더 나를 위한 것인지 고
민하던 나는 긴 싸움 아래 문장 자체부터 받아들였다.

[그래. 나는 예전처럼 기타를 치고 연습할 수 있는 몸이
아니다.]

한숨이 나와버리는 문장이 나에게 아직 여전하나 보다.
지금 이 문장을 쓰면서도 왼쪽 허리와 등이 지끈하고 뻐근하
다. 그 시기엔 어찌 됐건 머리에 무작정이라도 때려 넣었다.
그게 결국은 나를 위한 것이 될 것 같아서.

에이씨, 그래 기타 치면 몸이 드럽게도 아프고 근육은 여

기저기 날뛰고 내 몸이 이래. 예전처럼 하려는 그 욕심을 좀 버리고 이젠 좀 인정한 상태에서 방법을 찾아보지? 세상이나 여기저기에 화낸다고 될 일이야? 웬 민폐에 시간 낭비야. 정신 좀 차리자. 내 몸은 예전이랑 달라. 거기에, 솔직히 말해. 끝까지 말 안 할 거야? 그래, 나 기타 전처럼 못 친다 뭐.

인정하고 받아들이면 이렇게 쉬웠을 일을.
그런데 이제 안다. 사람은 자기 자신에게 정말 드럽게, 인정하기 싫은 일이 하나씩은 있단 걸.

지나온 지금에야 여유를 뽐내기라도 하듯 말한다.
열등감은 에너지지.
맞다 에너지. 인정한 순간 나를 폭발적인 소화력으로 낫게, 그리고 나아지게 만드니까. 다만 그 인정이 드럽게 하기 싫고 어떻게 해서든 그 꼴도 보기 싫어 돌아가게 만드는 골 아픈 놈이라는 거지.

이제 누군가의 열등감이나 질투 앞에 내가, 나만은 경건한 기사라도 된 듯 짐짓 자세를 잡아볼 수 있을까. 감히 그럴 수 있을까. 웃기지도 말란다. 내가 반드시 느껴봤어야 할 감정들에 카운터로 맞고 갔다.

거 주먹 한번 겁나 아프네.

뜨끔해서 다신 맞고 싶지도 않은데 내가 어떻게 남들더러 그 아픈 걸 굳이 맞으라고 할 수 있을까.

다시는 맞기 싫어서라도 제발 좀, 겸손하자 싶다.

감정 해소
방법

심리 상담 선생님이 물으셨다.

감정 해소를 어떤 것으로 하냐고.

그 질문에 할 말을 잃었다.

내가 어떻게 감정 해소를 하고 있지?

사람들에게 빠른 심리 상담을 권하는 이유는 다음과 같다.

나는 빠른 치료를 하지 않았기 때문에 그 트라우마와 뒤이어 오는 증상들로 힘들었다. 열여덟 살 이후 공황 발작이나 불안, 우울증뿐만 아니라 섭식 문제까지 생겼다. 거식과 폭식이 반복됐는데 이전에는 없었던 일이었다. 중학생 때 몸무게가 조금 늘어서 살을 빼기로 다짐했을 때 나는 굉장히 건강한 방법으로 체중 조절을 했다. 급식 양과 간식 양을 줄이고 늦은 시간에 먹는 양을 줄이고 유산소 운동을 하는 방식으로. 그러니까 이 섭식에 관한 문제는, 확실하게 열여덟 살의 어떤 일을 원인으로 생긴 문제다.

　초기에 치료하지 못했던 만큼 치료까지도 오랜 시간이 걸렸다. 아니, 발병 후 너무 오랜 시간이 지나 치료에 들어간 만큼 아직도 치료되지 않은 여러 후유증(많은 것이 미미해졌지만)이 내게 남아 있다. 나는 그 증상들과 하루하루를 보내며 내일과 모레엔 많은 게 좋아질 거라는 생각으로, 이 문제에 대해서 심각하게 여기거나 계속 생각하지 않는다. 그 강박 없는 마음이 나를 더 좋아지게 만들 거란 걸 알기에.

　그러나 식탐에 관한 문제는 조금 다르다. 그것은 다른 후유증들과는 다르게 내가 인지하지 못한 상태로 내게 벌어지곤 한다. 나는 기본적으로 소식을 하며 자랐다(단 것을 너무 좋아해 과자를 많이 먹긴 했다만). 밥은 배고플 때만 먹고 식탐은 없는 편이라고 하는 게 맞겠다. 그런 내게 첫 거식과 폭식이 너무 자연스럽게 이뤄져서 나는 내가 그런 행동을 하고 있다는 인지 자체를 하지 못했다. 마음을 치료하는 시기를 놓치고 치유 방법도 도무지 알 수가 없었으니, 그 모든 것을 가장 본능적으로 컨트롤하기 쉬운 방법인 먹는 것으로 통제하며 해소하려 했다. 그 시작이 열여덟 살이었다.

　이후 이십 대 중반부터 꾸준한 치료를 받으며 많은 부분이 좋아졌지만, 가끔 깨닫지도 못한 채 버릇이 나오기도 한다. 내가 (감당할 수 없는) 감정에 대한 해소를 위해 처음 택한 방법이었기에, 여전히 나도 모르게 감정 해소를 먹을 것으로 하게 되는 것이다.

가끔 찾아오는 내 식욕은 이러하다. 어느 날 나는 가짜 배고픔을 느낀다. 이건 어떤 문장으로 설명하기가 참 애매하다. 그냥 음식을 찾게 된다. 무언가를 먹어야겠다는 생각이 든다. 그리고 섭취한다. 찝찝한 배부름을 느낀다. 그런데 그 시간이 지나서 보면 배고파서 먹은 게 아닌 거다. 그리고 나선 스스로에 대한 죄책감에 음식을 멀리하고. 이것의 반복이다.

열여덟 살 이전의 내 감정 해소 방법은 뭐였을까?

기억이 나지 않는다. 그 정도로도 당시에는 아주 자연스러운 방법으로 계속 행해지고 있었을 것이다. 겁이 많긴 했지만, 기본적으로 밝고 중심이 단단한 아이였다(심리 치료를 지속적으로 하면서 나를 객관적으로 보는 연습을 많이 해왔기에 나는 가끔 이렇게 나의 모습을 제삼자의 모습처럼 말하곤 한다). 또래 친구들과는 잘 지냈고, 슬픔이 덮쳐와도 한번 크게 울고는 건강하게 이겨내곤 했다. 그 시절의 나는 에너지를 위한 허기가 아닌 다른 허기는 느껴본 적이 없었다.

나는 가짜 배고픔과 진짜 배고픔의 차이를 제대로 구분하고 싶다. 그것부터. 내가 무엇으로 내 감정들을 푸는지 알고 싶다. 친구들과의 수다, 노래 부르기, 춤추기, 악기 연습, 공부, 꿈과 관련된 무언가를 배우기, 책 읽기, 노래 듣기, 쇼핑, 잠, 운동….

내가 잃어버린 감정 해소 방법은 무엇일까.

분 리 불 안

작업방 문을 닫고 있으면 냐옹-야옹—
코린이의 서러운 울음소리가 들려온다.
뭐가 그렇게 끼고 싶은지 뭐가 그렇게 보고 싶은지
방문 하나 사이에 두고 있을 뿐인데.

화장실 문을 닫아도 서럽게도 울어댄다.
야옹, 냐옹,
내가 보이지만 않으면 이렇게 서러워하니
대체 내가 일하러 나가 집을 오랫동안 비우고 있을 땐
어떻게 지내고 있을지.

분리 불안 2

서울에 살 때는 청소해 주시는 분이 간혹 왔다. 냥이 둘이
면 털 천지라 내가 일을 하는 시기에는 감당할 수가 없었다.
일하는 시간이 길어 집을 오래 비우는 것도 걱정이었고.

가끔 그래도 그렇게 이모님이 오가시니 좀 마음을 놓았
다. 그래, 그래도 사람 오가면 애들이 좀 덜 외롭겠지. 특히
나 코린이는 사람을 아주 좋아한다. -고양이는 낯을 가리고
낯선 환경을 두려워한다더니, 이 녀석은 호기심과 사랑이 먼
저다. 가리지도 않고 애교를 피워대니 동물 병원 간호사분
들에게 인기 최고지만, 엄마의 마음으로는 이렇게 겁이 없으
니 집을 나갔던 것이 아닌가 하고 염려가 된다. (코린이는 한
번 가출을 감행한 적 있다. 내가 정신없이 출근하던 때에 같
이 집을 나와선 내 눈을 완벽하게 피해 어딘가로 날아간 것이
다. 정말 다행히도, 그래봐야 아파트 1층 베란다 밑 공간에 숨

어 있었지만. 나에게도, 코린이에게도 역사적인 사건이다.)-

그렇게 사람이 좋은 코린이인지라 내가 집을 너무 오래 비울 땐 누구라도 잠깐 들려주는 게 좋지 않을까 싶었다.

그래도 엄마인 내가 옆에 있는 것보다야 나을까. 그래서 하루 비우는 일정에도 어떻게든 시간을 내서 집에 잠깐이라 도 들리곤 했다. 내가 밖에 나갔다 들어오면 애옹애옹 애처 롭게도 울면서 나를 반겼다. 올망졸망 큰 눈으로 그렁그렁 나를 올려다본다. 아이코, 이 녀석들 괜찮은 건가?

한 날은 내가 집에 있을 때 청소 이모께서 오셨다. 이모님 과 두런두런 수다를 떨다가 이모님이 넙죽 내게 건네준 이야 기. 내가 없을 때 집에 들어오면, 고양이 둘이 아주 신나게, 신이 나게 놀고 있다는 것. 잡기 놀이를 그렇게 해대고 장난 을 치고 레슬링 하느라 여념 없단다.

나는 조금 속은 듯한 기분이 들었다. 아니 한편으론 완벽 하게 속았다. 그중에서도 코린이 이 녀석. 지금도 방문 밖에 서 애절하고 고달프게 애옹 니야옹 늑대처럼 아우— 울부짖는다. 그제야 그게 엄마에게 부리는 아양이라는 걸 알았다. 나 좀 봐줘 나 좀 봐달라고, 나(엄마) 있을 때만 그러는 거. 코린이의 분리 불안은 선택적 분리 불안이었다.

우리 부모님은 맞벌이였기에 엄마 보는 시간이 많지 않았다. 가끔 엄마가 쉬는 날이면 그렇게 학교 가기가 싫었다. 느적느적 움직이며 머리가 아파지는 걸 상상하면, 점점 몸이 아픈 듯했다. 식은땀이 송골송골 팔다리가 저릿해진다. 내가 몸살에 걸려버렸구나.

등교 준비가 늦어지는 나를 성난 얼굴로 엄마가 재촉하러 올 때에 내 얼굴은 경이롭다. 핏기가 사라지고 시들시들, 어깨는 앞으로 동그랗게 굽어 있다. 엄마의 눈썹은 금방 내려앉는다. 너 어디 아프니? 따신 손을 내 이마에 갖다 대는데 어째 엄마 손이 더 따뜻하다. 그 순간 내 입술의 핏기는 더 사라진다. 으으, 오한에 떠는 잠옷 차림의 나.

드디어 원하던 지령이 떨어진다. 좀 쉬다가 이따 상황 보고 등교하렴.

응, 엄마. 대답도 앓니 사이에서만 살짝 춤추는 나만 들릴 목소리다. 몸살 나면 목소리 볼륨 키울 힘도 없다. 그렇게 나는 그대로 침대로 향한다. 그 순간까지 나는 다시, 경이롭다. 그 이불을 걷는 손짓, 발을 하나하나 넣는 그 몸짓, 그리고 이불을 올려 덮고 끙끙거리는 그 마무리까지. 그렇게 방의 불이 꺼지고 방문이 닫히면 나는 마지막의 경이로움에 도달한다.

몸이, 어쩜 이렇게, 깃털처럼 가볍고, 아침 공기처럼 상쾌하며, 내 두 눈은 그 어느 때보다 똘망똘망 벽지를 훑고 있는 거지?

정말, 이것도 이거 나름대로 고난이다.

계속 아파야 하는데 어째서 침대 속에 돌아가면 신이 나 버리는 건지.

엄마는 알고 있었을까? 스스로 꾀병인지도 모른 채 꾀병을 부리는 나를.

문 너머 들리는 코린이의 울음에, 어릴 적 끙끙거리기 위해 노력하던 내 모습이 떠올랐다. 내 꾀병을 그대로 코린이가 하고 있다. 나도 안다. 그럴 때면 유독, 엄마가 따뜻한 손으로 나를 쓰다듬어 준다는 걸. 한 번 더 눈길을 주고 나를 돌아봐 준다는 걸. 그때의 그 애정이 말로 표현할 수 없이 보드랍고 푹신하다는 걸. 하루가 충만해진다는 걸.

고양이들은 다, 아가인가 봐.

이제 슬슬 코린이에게 가봐야겠다.
지금이 코린이의 꾀병에 속아줄 타이밍이라.
간 김에 잔뜩, 뽀뽀 세례를 퍼부을 테야.
작은 나의 심술이다.

수제 두부를 향한
단상

수제 양갱, 수제 두부, 수제 단팥.

어쩜 단어만으로 이렇게 몽글몽글하고 향긋하며 깊이 있는 풍미를 풍기지?

시판되는 양갱도, 두부도, 단팥도 정말 맛있지만, 이것들을 수제로 한 번 접하고 나면 이 격차는 확연하게 나뉘어서 수제 두부와 마트의 두부는 각기 다른 음식이 된다.

집 근처에 운이 좋게도 배달이 되는 수제 두붓집이 있다. 직접 만든 두부, 연두부도 팔고 도토리묵도 팔고 단호박식혜도 판다. 나는 이런 걸 정말, 정말 좋아한다. 한 가지만을 정확하게, 확고한 자부심을 가지고 하는 거. 아침부터 두부를 만드는 수제 두붓집이라니. 새벽부터 냄비에 올려 젓는 수제 단팥집이라니(수제 양갱은 아직 의식이 치러지지 않아 생략했다). 그냥 그런 가게를 생각만 해도, 너무너무 귀엽지 않은가.

나에게 이런 가게들은 늘 영화 〈카모메 식당〉을 떠올리게한다. 조곤조곤 손맛으로 잘할 수 있는 것을 만드는 것. 그리고 실제로 이런 가게들을 찾아가면, 정말 카모메 식당과도같은 분위기를 풍긴다. 수련을 이어가는 이들의 마음 여유가서로 닮아가나 보다. 그 기운은 옆에서 잠깐 쬐기만 해도 좋고, 그 음식으로도 전해진다.

지금 지내는 곳에는 럭키 포인트가 한군데 더 있다. 생소하고 신선하게 계란집이 있는데, 엄선된 계란만 팔고, 맥반석 계란을 굽고, 그 계란으로 에그타르트도 만든다. 이 메뉴만으로 이미 귀여움 치사량이다. 가게의 주제부터 내 맘에화살을 쏘아버린 이곳에 나는 곧바로 주문해 봤고, 이내 나를 거대한 성취감 안에서 떠다니게 해줬다(마치 거대한 슬라임 안에 들어가 둥실둥실 떠 있듯, 그런 말랑하고 가벼운, 상승하는 기분 좋음이다).

왜 계란을 한 가지 주제로 두고 엄선하는지, 어째서 한 가지 주제만으로 가게를 운영하고 있는지도 맛을 본 순간 확실하게 알겠더라. 다른 곳과 비교도 안 될 만큼 맛있었다. 본연

재료가 다르기에 거기서 나온 맛도 아주 신선하고 그 영역이 비옥했다. 맥반석 계란이 어떻게 이렇게 맛있지? 글로 표현할 수 없는 게 지금 손끝 가득 안타깝다. 나는 그 오묘한 신세계의 계란을 자리에서 곧바로 다섯 개를 까먹었다. 그리고 나서도 입안이 아쉬워하더라.

그걸 느낀 순간, 메뉴를 단일화한 이유를 알게 됐다. 그만큼 자신 있다는 거고, 이것만으로 충분한 거고, 그렇게 그 하나에만 집중하고 있다는 것. 이런 자긍심과 자부심으로 일하는 사람들이 나는 정말 좋아. 그것이 얼마나 과감한 결정이었고 용기였는지를 알기 때문에.

가까운 일본에서는 꽤 잘 형성되어 있는 문화이다. 한 가지 뭔가를 만드는 재주 자체를 귀하게 여겨서 할아버지에서 손자로 그 방식을 보존해 내려오는 화과자집이라던가, 만듯집이라던가. 장인의 집으로 인정받는 가게들. 정말 멋지다고 생각한다. 이 세상은 시간만이 가질 수 있는 귀함을 잇기보다 좋은 대학을 나와 (남들이 대체로 말하는) 안정적인 직장에 들어가는 루트를 따르도록 강요한다. 그 안에서도 장인의 길을 택하는 노련한 사람들에게, 수많은 이유와 사정이 있겠지만, 나는 그중 가장 큰 대목이 자기 일을 향한 자부심이라 생각한다. 내가 내 재주를 귀하게 생각하고, 제대로 해낼 자신이 있고, 또 그것을 이미 제대로 해내고 있으니 누구에게도 자신 있게 선보일 수 있는 거. 그 자부심을 아들도 딸도 보며 자라는 거.

실제 재주가 대물림되는 것보다도 이것이야말로 정말 아늑하고 소중한 일이라 생각된다. 자긍심, 자부심이 대물림되는 것.

사실은, 지긋이, 고요히 둘러보면, 내가 발 딛고 있는 내 나라에도 장인들이 많다. (오래된 아파트 단지 상가에 방앗간 할머니의 참기름이 어디도 따라올 수 없는 맛을 풍긴다던가.) 자긍심과 자부심으로 시간을 이어가며, 세상이라는 난제를 극복하며, 그 부분에선 한 장인이 된 사람들. 한 가지를 제대로 해낸 사람들. 한 가지를 제대로 해내기로 결심한 사람들. 그 사람들의 마음 용기는, 그 빛을 형용할 수 없게 찬란하다.

이들의 재주도 대물림되고 있을까? 그 이전에, 그 재주가 그들에게 커다란 자긍심이자 자부심이어서 귀히 여겨지고 타인들에게도 귀하디귀하게 여겨지고 있을까? 아니면 스스로나 타인에게 뒤떨어진 재주로 치부되어 누구에게도 물려주기 싫은 과오가 되어 있을까?

나는 문득, 이 나라 곳곳에 숨어 있을 수제 두붓집과 계란집들의 안부가 궁금해졌다.

걱정은 없다. 누구보다 자신을 사랑하며 지내고 있을 테니.

인사만 한번 건네고 싶다. 세상에서 제일 멋지고, 세상에서 가장 멋진 일을 하고 있다고.

뭣보다, 진짜 맛있어!

충전

빈 곳엔 반드시, 새로운 무언가가 채워지곤 한다.

혼자서도
잘해요

마냥 흘러가는 대로 작업하고 싶진 않았다. 이왕 하는 거 제대로. 그렇게 하지 않으면 후회와 미련이 남을 거 같아서.

원고 마감일이 가까워질 때 나는 극단적인 방법으로 글 쓰는 환경에 몰입해 보기로 마음먹었다. 나는 사람을 정말, 정말 많이 좋아하지만 음악을 만들 땐 혼자 시간을 보내며 에너지를 쌓는 것이 중요하다. 그걸 채워주지 않으면, 한참 부족하다고 느껴지는 결과물이 나온다. 열심히 하지 않은 스스로가 밖으로 드러난 듯해서 창피하고 부끄러워진다. 사람을 만나는 일이 내 행복의 원천이기도 하지만, 좋은 작업물을 내기 위해선 철저히 혼자만의 방을 가지는 것. 그게 내가 해온 중 가장 나에게 알맞은 충전 방식이다.

나는 두 달간 칩거 생활에 들어갔다.

주위엔 "마감일인 2월 15일까지는 누굴 만날 수 없고 밖에 나갈 수도 없어"라고 미리 이야기해 놓았다. 한 공간에서 최대한 나를 붙잡고 있으려 했고 밖에 나가는 경우는 쓰레기를 버리거나, 분리수거를 하거나, 가끔 편의점에 필요한 것을 사러 갈 때. 그때 집 앞에만 잠깐.

설마 정말 두 달 동안 아무도 안 만났냐 한다면, 맞아 정말 아무도 만나지 않았다. 만약 내게 여건이 허락됐다면, 나는 기꺼이 숲속 오두막에서 홀로 지내는 것도 즐겼으리. (생각만으로 머릿속이 피톤치드로 가득해지는 이 신비란!)

혼자 시간을 보내기 시작하면, 사람들을 만나며 또는 새로운 것을 알게 되고 받아들이며 잃었던 에너지가 채워지는 기분이 든다. 충전기 연결할 시간 없이 계속 에너지를 사용하고 있던 나는, 그제야 코드를 꽂고 다음 에너지 방출을 위한 충전에 들어가는 것이다.

너 계속 혼자 있는다고? 그렇게 혼자 있으면 생각에 매몰되어 부정적으로 되지 않니, 그렇게 작업을 하는 건 되려 너를 우울하게 하지 않을까, 가끔 사람들을 만나며 전환하는 게 작업에도 더 좋지 않겠니. 나의 주변에선 이런 물음을 내게 준다.

그럴 때 나는 더욱이 사람이란 게 얼마나 다양한지, 그 다양성을 더 확고히 확인한다. 사람마다 각자의 방법이, 그렇게나 다른 것이다.

아니야. 이건 나에게 유익한, 나에게 필요한 시간이야. 각자의 하루가 있듯, 사람마다 꽃을 보고 드는 단어들이 수없이 다르듯 또 다른 방법으로 기운을 채우는 (이를테면 많은 사람을 만나며 오히려 에너지를 받고 자신을 바라볼 수 있는) 이들도 있을 테니, 나도 그것과 같아. 너의 방식이 있듯, 내겐 이 시간이 필요해. 충전 중일 땐 부정적인 감정에 빠지지 않아. 오히려 내가 어떤 생각을 정리해야 하는지, 그동안 내가 에너지를 쓰며 어떤 것들을 느꼈는지 더 제대로 바라볼 수 있어. 잠깐 숨 돌리려 만든 여럿 있는 시간은 나에겐 스타트(작업에 완전히 몰입되는 상태가 되기 위한 레디 상태)를 끊기 위해 그동안 보냈던 어느 정도의 충전을 곧바로 써버리며 도루묵으로 만드는걸. 완고를 향해 그나마 다가가던 내 집중력은 젠가처럼 우르르 무너지고 나는 처음부터 다시 시간을 쌓아 올려야 해.

방전에 방전뿐이라니. 오히려 비효율적인 일이 된다.

나는 그저 나의 방식이 있는 것뿐. 나는 꼭 고치 안으로 들어가야 해.

그것은 살아오느라, 밥을 먹느라, 세수하느라, 친구의 얼굴을 보느라 캐치하지 못했던 나와 상대방의 감정, 그것이 세상에선 또 어떻게 보이는지를 탐구하는 시간.

자, 그러니 이렇게 새로운 작업을 위해, 요번엔 글쓰기라는 새로운 고치 속으로 들어왔다. 고치 속에서 충전 후 글 쓰고, 충전하고 글 쓰고 요즘 나의 하루들은 이것의 반복이다. 온전히 이 혼자만의 시간에 빠져들기 위해 신경을 쓰고 있다. 이렇게도 생색을 냈으니 온 시간 할애하며 열심히 글을 썼냐고 물으면, 에이 그거참. 뭘 그런 걸 물어. 내 양심이 괜히 짜글짜글해진다. 그래도 나름의 노력을 다 해보려구.

내 바람은, 건강하고 멋진 나방이 되는 거거든.

나답게, 나오는 그대로 자연스럽게. 어떤 자신감이라기보단 믿음 -내가 내 기운을 좋은 기운으로, 온전한 '나'의 기운으로 채워서 접근해 간다면 그것은 분명 좋은 것으로 나올 것이라는, 나의 아주 오래된 믿음- 하나만을 전제로 해나가고 있다. 그걸 잘 해낸다면, 누군가 내 글을 읽는 동안 즐거웠으면 좋겠다는 이런 나의 마음이 더 잘 담길 것이라 생각하며.

그렇게 더 나은 나, 누군가에겐 더 좋은 친구인 '나'로 그 옆에 서기 위한 시간, 내 반짝이는 실타래, 누에고치 시간이야. 나방이 되어 신대륙을 발견하기 위해 누에가 고치 속에서 혼자 시간을 보내야 하듯, 나에겐 필연적으로 일어나야 하는 시간. 내가 더 나은 '나'로 발전할 수 있는 내 최적의 시간. 이 성장 과정엔 외로움이란 없어. 앞으로 나아가고 있으니까. 나는 빠른 날갯짓으로 나와 이곳저곳의 향기를 맡은 후, 충만한 마음으로 다시금 방전될 테다. 그러고는 늘 그랬듯. 다시 고치 속으로 충전하러 갈 테야.

매번 새 날개를 펴고 다시 날개를 펴며, 나방이, 그리고 다시 눈을 뜨는 나방이 되어 세상을 볼 수 있다니. 매번의 새로운 '나'라니, 이거 정말 멋진 일이지 않아?

그러니 즐겁지 않고 배기겠어. 나는 그래서 이 시간이 너무너무 좋아.

자, 그렇게, 이 새로운 포근-한 고치 안.

심지어 이럴 수가. 진짜 재밌기까지 한 이 새로 알게 된 고치(충전) 혹은 이 글쓰기 안.

음악과는 또 다른 즐거움이 내게 왔고 난 이 시간을 내 자양분이 되게 잘 보낼 것 같다. 다시 원하게 될 것만 같은, 그런 느낌이 벌써 든다. 여기가 알맞고 맘에 들어, 노래를 하다가 어느 날에 자꾸만 생각날 것 같아. 그리고 나는 이 설레는 흐름에 다른 고치 속에도 들어갈 용기가 생긴다.

여기, 다시 저기, 혹은 거기 들어가 숨 쉬다 늘 새로운 모습의 나방이 되어 날고 싶어. 잘 해낼 수 있을 것만 같아. 이 새로운 도전 덕분에.

글을 다 쓰고 나면, 다시금 충전의 시간에 들어가고 싶다.
비어가기에 새로운 채움으로 들어가고 싶다.

아잇, 그렇다고 내가 주변에 너무 소홀해지는 거 아니냐구?
그래서 미리, 편지 하나를 썼어.

To. 나의 사랑하는 이

나는 잠시 홀로 마음을 채우고는

다시금 다시금 태어나 나방이 되어 나오고 싶어.

대신 혼자 있게 된 그 시간만큼

네게 줄 예쁜 오로라 빛도 함께 가져올게.

내가 고치 속에 웅크리면, 나를 조금만 기다려줄래?

나는 나의 방식으로, 너는 너의 방식으로.

너의 날갯짓도 나는 평온히 기다릴게.

나는 혼자서도 고치 안에서 잘, 있을 수 있으니까.

홀로 서 있음, 기다림. 이렇게도 우리를 위한 시간이야.

각자 맡은 바의
소임이 있다

각자 맡은 바의 소임이 있다고, 나는 그렇게 생각한다.

그리고 그 맡은 바 소임은, 각자, 다, 다르다고.

재작년(2020년), 나는 '나'만을 위한 작업 두 가지를 했다. 〈이상견빙지〉와 〈만월블루스〉라는 노래가 그 예다. 이러한 노래들이, 사람들이 쉬이 접하고, 쉽게 들을 노래들이 아니라는 것 또한 안다. 그러나 나는 나 자신만의 색을, 내가 가장 잘 할 수 있는 것을 하는 게 중요하다고 생각했다.

이런 내게도 고민이 없느냐 하면, 그것도 아니다.

나는 사람을 정말 좋아한다. 나는 사람이 정말 좋다. 사람을 너무 좋아하는 점이, 때론 나에 대한 흔들림이 되기도 한다. 그들을 위한 것을 하고 싶어지기 때문이다. 내가 하고 싶어 하는 것들, 그리고 최적이라고 생각하는 것들이 내가 사랑하는 이들까지 즐겨들을 수 있는 음악이 아니란 것을 안다. 방송으로 나를 알게 되어 지금껏 지켜봐 주는 분들, 가족들, 친구들.

내 노래가 이 사람들이 노래방에서 신나게 부르고, 운전하는 길에 틀어놓을 수 있는 그런 음악일까? 그보다는 조금 더 심오한 진지함임을 안다. 때론 엄마도 아빠도 즐겁게 들을 음악을 만들고 싶을 때도 있다. 이를테면, 최근이 그러하다.

지난 정규 앨범에서 하고픈 대로 한 만큼, 이제 주위에서 원하는 것도 해야 하지 않나 하는 생각이 파도처럼 밀려들었다. 한 번 그렇게 해보고자 곡 작업을 시작했다. 타인이 듣기에 즐거운 음악. 나는 해본 적이 없는 작업이다. '타인이 듣기에'를 고려하는 건 내가 아예 전제로 삼지 않거나 혹은 철저히 타인에게 맡겨왔다. 이를테면 (다른 사람들과 함께 협업하는) 콜라보레이션 형태의 작업 방식으로. 내가 그것을 직접 고려해 본 적은 한 번도 없었다. 나는 나를 토해내기 바빴다. 그런 내가 이제 '제삼자가 되어 내 음악을 듣는 것'을 직접 해보게 된 것이다. 안 해오던 것을 해보는 것은 그 나름 해볼 만했다. 새로운 경험은 언제든 환영이고, 도전은 의미

가 있다고 생각한다. 편안하고, 듣기에 부드러운. 그것 하나
를 목표로 작업하기 시작했다.

곡은 마음에 들게 나왔다.

그러나 내 마음은, 솔직하게, 공허하다.

그리고 오랫동안 잠잠히 하기 위해, 다스리기 위해 받아
들이기 위해 그토록 노력하던 불안감이 스물스물 내 위로 솟
아오르는 걸 지극하게도 느낀다.

나는 모든 사람의 맡은 바 소임이 다르다고 생각한다. 이
생각에 확신을 가지게 된 것은 음악 덕분이기도 하다. 누군
가는 대중적인 음악을 해나갈 것이고, 누구는 아주 사적인
이야기의 음악을 해나갈 것이다. 그리고 내가 지금껏 용기
를 얻어온, 나를 등 뒤에서 밀어주는 힘이 되어준 음악은 그
가수의 아주 사적인 이야기를 풀어낸, 그 이야기에 흘려보낸
멜로디들이었다.

그들의 음악이 아니면 내가 버틸 수 있었을까? 지금의 내
가, 어린 시절의 내가, 잘못되지 않았다고 그렇게 당당하게
말할 수 있었을까? 그렇기에 나는 내가 개인적인 멜로디를
부르는 것에 더 용기와 근거를 얻었다. 각 뮤지션들이 하는

음악 또한 모두 다르다고.

많은 이들이, 많은 사람이 듣고 좋아하는 음악을 성공한 음악이라고 이야기한다. 나는 그런 음악을 하는 것과 완전히 시작점부터가 다르다. 내가 매일을 싸워오는 한 가지가 있다면 이것일 테다.

나의 주변인들을 위해 사람들이 많이 들을 수 있는 음악을 해나가야 하는지, 내가 가장 잘 할 수 있는 것을 해내야 하는지. 사람이 너무 좋아서 하게 되는 고민이다. 이럴 때 나는, 내가 좀 더 이기적이고 나 자신만 생각할 수 있었으면 좋겠다고, 끔찍이도 깊게 바란다.

결과적으로 슬프다. 그리고 답답하다.

온몸이 내가 하고 싶은 것은 이런 게 아니라고 소리친다.

나는 나에게 가장 알맞고 내가 가장 잘할 수 있는 것을 하고 싶지, 그와는 다른 곳에 발을 담가보고 싶지는 않다고.

알맞지 않은 옷을 입어 답답한 것이라고 다시금 깨닫는다.

오늘에도 다시금 이뤄지는 싸움이다.

이러한 생각들 안에서 싸운다.

그리고 소망은, 내가 이기기를.

마음이 아주 답답하다. 이 이상의 글은, 그렇게 답답하고 우울한 글이 될 것만 같다. 오늘은 글을 쓸 기분이 아니다. 이런 글을 쓰고 싶던 건 아니었다.

오늘 한숨이 너무 깊다.

각자 맡은 바의 소임이 있다 ii

견뎌낸 하루, 대단한 나

01.

앞선 글을 쓰고 이틀이 지났을까.

여전히 나는 많이 우울한 상태의 지속과 지속.

갑자기 찾아온 급성 위염의 영향도 분명 있다.

이놈의 숨 가쁘고 가슴 메는 위염!

약해진 마음 하나면 좀 더 낫건만,

약해진 몸까지 더해지면 제곱이 된다.

왜 우울함에 슬쩍 발을 담그면 쑥 빠져버리고 마는 걸까?

우울의 꼬리를 쫓고 있는 내가 너무너무 초라하게 느껴졌
다. 그러다 보면 이런 생각들이 올라온다.

내가 지금껏 제대로나 해냈을까? 내 중심대로 날을 세우

고 있는 그런 뮤지션으로 내가 있었을까? 나는 왜, 아직도, 이
것밖에 못한 거지? 왜 나는 이것밖에 안 되는 사람인 거지?

이런 생각들이 자꾸만 올라와 내가 너무나 못나게 느껴진
다. 이럴 때 SNS나 인터넷을 하는 건 정말 위험하다. 다른 사
람(그것이 누가 됐건)의 얼굴 하나 나온 사진만 봐도 나도 모
르게 비교가 일어나면서 내가 그 누구보다도 못난 존재로 다
가오기 때문이다. (우울은 나와 다른 사람을 비교하게 만드
나 보다.)

그렇게 하루 내내, 부족한 자신을 탓하고 부끄러워하며
보냈다. 그러다 간밤, 원고의 마감날이 다가오며 지난날에
쓴 글들(지난날에 그렇게 깨달았다며, 그렇게 다짐했다며 어
째서 다시 돌아오고 다시 돌아오는 것인지…)을 읽다가 이런
생각이 들었다.

맞아, 나는 대단*한 건데 왜 지금 나, 나를 사랑하지 않지?

*뒷장에서 절대 허영이 아닐 이 대단한 풀이를 기다려 주길.

요 며칠 우울의 근본은 내가 나를 사랑하지 않아 지속된

것이었다. 다시금 나를 싫어하게 되는 이런 관성을 나는 이제 디폴트라고 생각하지 않는다. 그 근거가 지금 이 순간 명백하다. '잠깐, 나 왜 지금 나를 사랑하지 않지?'라는 질문으로 이렇게 빨리 도달한다는 것은, 경이로울 만큼 빠른 발전이기 때문이다.

나의 디폴트 값은 분명히 변하고 있다. 내가 나를 사랑하지 않는 것이 나의 기본값이 아니란 거다(보녀라 우울! 더는 네가 만들어낸 관성에 속지 않는다구-). 예전의 나로 말하자면, 그렇게 나도 모르게 시작된 우울에 결국 온몸을 퐁당 담가 빠져서는, 나를 건져내는 계기가 생기기 전까지 몇 날 몇 달을 우울 속에서 꼬르륵거리며 지냈다.

이제 나에겐 2015년부터 꾸준히 해온 '나' 사랑/관찰하기 노력이 효과를 보이고 있다. 그걸 이렇게 느끼니, 이거 참 뿌듯하다. 나의 많은 것들이 좋아졌다.

오랜 시간이 걸리더라도, 결국엔, 조금씩 좋아지는 거다.

자 또 어느 날 찾아올 파도 치는 물결에 대비해 나는 잊지 말아야 할 몇 가지를 적어놓아야겠다. *대단한 나*에 대해서 조금 풀어서 적어놓도록 하자. 이것 역시, 하나의 연금술이니까. 이 연금술은 효과적으로 우울에서 빨리 빠져나올 수 있는 원석이 숨어 있는 연금술이다.

맞아, 나는 대단한 건데 왜 지금 나, 나를 사랑하지 않지?

이렇게 연금술을 시작하면 내가 겪어온 일들이 나의 자랑, 나의 무기가 된다. 견뎌내는 하루, 견뎌낸 하루. 차곡차곡 쌓인 그 하루들은 나의 대단함의 증명이다. 그 모든 게 나의 커리어다. 나는, 그렇게 해냈으니까. 그 우울들에 지지 않는 것을. 그 우울도 해내고, 그날의 우울도 해냈다니깐? 생각해 봐, 그날 우울은 진짜 더럽게 아팠잖아. 그날 슬픔은 가슴이 찢어질 듯한 상처였잖아. 그 하루도 견뎌냈고 저 하루도 견뎌냈어.

이 지난날들이 내가 세상에 태어나 맡은 바- 그 나만의 소임을 더욱 나만의 것이 되게 만들어줘.

진한 나의 색으로 나만의 것 그래서 오로지 하나라면, '내'가 1등인 게 되잖아.

이게 내 경력이 아니면 무엇이야?

자 이렇게, 나는 방금 나 자신에게 연금술을 가동했다.

무엇이 나올까? 내일의 내가 궁금해진다.

우선은 며칠간의 우울(며칠간 스스로를 학대시킨 결과)로 몸과 마음이 좀 지친 나는, 오늘 밤 푹 자며 이 피로부터 회복해야겠다. 그리고 내일은 눈을 뜰 때부터 "대단한 나(어제의 우울도 이겨낸 거니까)!"라고 외치며 일어나는 거다.

알겠어? 대단한 나!

그 내일의 기분은 추후 다시 적도록 하겠다.

01-5.

우울함과 슬픔과 불안함과

그 모든 부정적인 감정은, '나'의 커리어.

견뎌낸 하루들이 대단한 나를 만들어줄 테니.

맘에 드는 말인걸. 별표 다섯 개.

02.

지금은 다음 날. 01의 이야기를 이어가자면-
그 내일의 기분이란. 아주 담담하고 집중이 잘 된다.

나를 자랑스러워하는 건 - 나를 사랑하는 건, 정말이지 놀
라운 일이야!

10년마다 대운이 바뀐단다.
어떤 근거가 있는 말인진 모르겠지만
꽤 괜찮은 말이지 않나.
보낸 10년과 그다음 10년이 또 다를 거라니.

나의 이십 대가 힘들었던 걸 지켜봤던 엄마는
내가 스물아홉 살이 됐을 때부터
자꾸만 전화해서 이렇게 말했다.

"얘, 서른부터 네 대운이 바뀐대."
"얘, 너 올해까지가 딱 삼재였대."
"얘, 너 내년부턴 아주⋯."

등등. 아니 집사님 어인 일로. (개신교 신자이신 엄마는 권사님은 뭔가 올드해 보인다며 집사님을 고집하신다. 그나저나 개신교인데 여하간 어인 일인고.)

잘 살고 못 살고는 누가 정하는 걸까?
좋은 운이란 대체 어떤 게 좋은 운일까?

어찌 보면 내 스무 살은 찬란했고
이십 대는 내 배움의 계절이었으며,
어찌 보면 내 스무 살은 내 고생의 시작이었고
이십 대는 그것의 연장선이었다.

보기 나름인 것을.

나를 사랑하는 이들이
내가 힘들어하는 걸 안타까워하는 건 분명하다.
뭘. 나는 이십 대를 아주 잘 보냈어요.
꽤 괜찮은 사람으로 자랐다 말할 수 있는 서른이 됐는걸.

내 서른의 시작은 내 손길이 들어간 첫 번째 정규 앨범이랍니다.

그건 내가 이십 대를 보냈기에 나올 수 있던 것이죠.

지금 써놓은 이 문장들은 전부 진실이기도 하다.
혹은 나는 저 색을 반전시켜 부정적인 형태로 이야기할 수도 있다.
내가 선택한 색은 위와 같은 색이다.

내가 가끔 힘들다 해도 걱정 말아요.
그 힘듦은 잠시고 내일 내가 더 커질 수 있다는 걸 분명 알고 있을 테니까.

+그래도 위로 한마디 해주면 마음은 더 따끈하지.
++설마 2집은 마흔 살일까.

에피소드
다시금 넘겨보기

    책을 덮고 나서 차박차박 슬리퍼를 끌었다. 부엌에서 일전에 바닥에 떨어뜨려 끝이 움푹해진 스테인리스 주전자를 켠다. 물은 금방 끓을테니 미리 커다란 컵을 준비한다. 속이 팍팍한 나에게 인스턴트 커피 3봉지를 넣은 뜨뜻함을 내려줄 예정이다. 물의 온기를 기다리는 동안 잊어버렸던 빨래가 생각나 몸을 돌려 세탁기 앞으로 향한다. 자연스럽게 일어나는 이런 움직임들이 좋다. 하나에 하나가 얹어지는 이 정돈된 움직임은 타박타박, 나에게 기분 좋은 고요함을 준다.

    세탁기는 10키로라면서 왜 가득 채우면 안 되는 거지
    가습기는 4리터라며 왜 물을 다 쓰지 않는 걸까
    침대에 누우면 왜 떠오르는 게 많아질까
    밤은 눌러 놓았던 감정을 열어버리는 걸까

왜 이렇게도 보고 싶은 사람들이 많아지는 거지

어째서 지금도 못다 한 말을 안타까워 할까

많이 사랑한다고 기도하면 전해질 수 있을까

이 모든 파동이 짤막한 문장 하나로 안심되는 건,

-그래, 아름다워지는 건 어째서일까

내쉬는 한숨 끝나기 전, 그 자작한 마침표 하나만으로.

답이 그다지 중요하지 않은,

답이 그다지 궁금하지 않은 질문들이 오가며 나를 살랑

가볍게 간지럽힌다.

머리의 세 군데를 헤집는 순환보다

세 가지의 생각이 쌓여 이룬 거기 나의 한 줄 고민보다

한 가지 스쳐들어와 한 가지 스쳐나가는

그 작가의 단정함이

나에게 멍하게 있는 시간을 선물로 줬다.

마치 아무 일도 없었던 것처럼.

방금 덮은 책 말이야.

내가 제일 좋아하는 잠옷인 양 품에 알맞았나 봐.

그렇게 잠에 빠져드는 양 빨래를 세탁기에 넣으며,

눈을 감는 양 가루 세제 4분의 1 정갈히 올려 넣으며,

넘실대는 물결에 누워 맡긴 양 움직임을 잊어가며 나는,

그런 생각을 했다.

늘 이렇게 나의 시간이

짤막한 에피소드 같으면 좋을 텐데.

타이틀이 필요할까

성공한 하루 안에서

가끔 선배들이나 손윗사람, 지인들은 얘기한다.

재인이 다시 잘돼야지. 다시 올라와야지. 다시 바빠져야지.

?

나는 이런 말을 들을 때마다 설마 많은 이들이 이런 하나
뿐인 가치관 안에서 살아가고 있는 것이 아닌가, 고개가 갸
우뚱해지곤 한다. 그들이 보기에 지금의 나는 실패에 저민
아이일까? 화려한 성공을 뒤로하고 조용히 살아가는 이일
까? 이럴 때야말로 그들과 내가 얼마나 다른지를 느낀다.

나는 쉬는 동안 정말 많은 것을 봤다. 많은 곳을 가고 많
은 것을 느끼며 내가 찾아낼 행복과 아름다움이 도처 수많은

곳에 있단 걸 알게 됐다.

행복하다. 어떻게 이렇게 차분히도. 이리, 온기 가득하게
도. 그 어떤 때보다도 성공한 하루들이라 느낀다. (그들이 말
하는 그 '다시'의 상태 그 어떤 시절보다도.)

이제야 내가 무엇을 좋아하는지 알고 무엇을 해야 행복해
하는지 안다. 그렇기에 이전엔 건디지 못할 만큼 나 자신과
다르다 생각했던 일들도 이젠 무던히 해낼 용기가 생긴 거다.

나는 이제야, 좀, '나'니까.

다른 타이틀이 필요할까. 일이 많은 나, 돈을 많이 버는
나, 많은 사람들이 알아보는 나, 인터넷에서 화제가 되는 나,
사람들이 계속 찾는 나… 그러한 성공.
잠깐. 그게 내가 생각하는 성공이 아니라면?

이럴 때 감히도 이런 생각이 든다. 어쩌면 내가 그들이 말
하는 것들을 전부 거쳐왔기에 지금 이어가는 이 말이, 내가
하는 이 생각이 좀 더 설득력 있게 느껴지지 않을까 하고.

모든 인간의 가치관은 저마다 다르다.

성공은 한 가지 방법뿐이고, 그 길에 있지 않다 해서 성공하지 않고 행복하지 않은 것일까.

나는 새로운 지식과 경험을 쌓을 때 벅찬 기쁨과 성취감을 느낀다. 나의 시야와 감각, 마음의 색이 다양해질 때, 새로운 경험을 이뤄해낼 때 나 자신이 성공했다고 느끼곤 한다. 사소하게는 하나의 작은 프로젝트를 잘 이뤄낼 때마다 와 성공했다! 라고 외치곤 하는 것이다.

그것이 책 쓰기든, 책 읽기든, 어학 공부건, 주말엔 꼭 쉬고 놀기건, 저녁 조금 먹기건, 오늘 운동 가기, 스트레스는 혼자 춤추며 날려버리기, 좋아하는 감독의 영화 3일 이내에 전부 보기, 생각했던 모양 그대로 음악 만들기든. -그 누가 뭐래도 그것이 '나'와 무슨 상관인가.- 기준은 내가 만족할 만한 것이지 그들이 만족할 만한 것이 아니다.

나는 이러한 모든 것들이 각자의 '나'가 원하는 미학을 추구하며 사는 하루들이라 생각한다.

매 순간 성공하는 하루를 보내고 있다. 이러히 보면 나에게 '다시'를 외치는 이들은 자신의 행복의 길을 하나로만 만들며 얼마나 많은 가시덩굴 -쓸쓸함과 외로움, 불안- 안에서 살아가고 있는 걸까. 곁 없는 오지랖에 그들의 끝없는 싸움을 보듬어주고 싶다.

내가 그들의 평온과 행복을 빈다면
그건 너무 오만한 것일까.
아니, 그들도 나의 행복을 한 가지로 평가하곤 하는걸.

그렇다면 말이지, 사람을 한 가지 성향만으로 단정 지어 본다는 건 그 무엇보다도 오만한 것이 되겠다.

미안. 나는 그러한 오만함은 갖고 싶지 않다.
몇 번이고 외치며 지내지 않는가. 담백하자고.

그들이 말하는 그 타이틀.
나는 그 모든 타이틀, 그 위에 있고 싶다.
그것들의 위에 있는 사람이고 싶다.

그건 자신만의 아름다움을 알아내고 추구하는 것이라 생각한다.

나는 '나' 자신의 미학을 최고의 가치로 살아가고 싶다.

즉슨, 나 그냥 하루하루 행복할 거라고.
거기엔 어떤 조건도 없다고.

그러니 그런 타이틀은 넣어둬요.
하늘이 이렇게나 파란데.

+ 나의 이러한 말에도 의문이 드는 이들에겐 이렇게 이야길 건네보고 싶다.
자신을 둘러싼 환경을 보라고. 그것들이 '나'를 이루게끔 내버려 두고
있는 것은 아니냐고.

한 권의 마무리
그 이전

　오노 요코(플럭서스 대표 작가 중 한 명)의 책 중 제목부터 시큼한 《자몽》이라는 책이 있는데, 그 책은 열자마자 바로 앞머리에 "읽자마자 태워버리도록 하세요"라고 적혀 있다. 나는 그 문장이 맘에 들었다. 이거 내 맘에 쏙 드는 완전 멋진 표현이야. 이런 얘기 나도 해보고 싶어!

　'일점 호화주의—點豪華主義°'라는 발칙한 말을 한 데리야마 슈지의 책 제목은 《책을 버리고 거리로 나가라》이다.

　이거 정말 너무 멋지잖아, 통쾌한 어르신 친구의 선동 응원 같아! 그래서 나는 책 제목을 《이 책을 읽고 나서 태워버

○　이것저것 평균화시켜 생각하지 말고 하나에 몰입하자는 가치론. 이불 한 장만으로 아무 곳에서나 자도 상관없으니 꿈꾸던 스포츠카부터 사고, 사흘 동안 빵과 우유 한 병으로 버티다 나흘째는 미슐랭급 레스토랑에 가는 식.

리세요》나 《책을 버리고 침대로 향해라》라는 식으로 짓고
싶었다.

그러다가 지금의 책 제목이 된 것은,

그러기에 왠지 내 일상은 카리스마나 발견이 아닌

꼬질꼬질해진 내 수면 양말과 같달까.

그래서 에이. 하고 그만뒀다.

그런 제목을 붙이는 게 지금의 내가 하기엔 허세처럼 느
껴졌다.

허세면 뭐 어때.

라고 대답하는 예상 가능했던 나는

그래도 이 책엔 아니야.

라고 대답한다.

이건 예상 못 했겠지.

이건 그냥 또 다른 이야기일 뿐이야.

한 권의 마무리

책은 잘 써졌니? 라고 묻길래
마음에 드실 겁니다. 라고 대답했다.

재미없고 재미있는 나의 하루 그게 전부랍니다.

타이틀이
필요할까

초판 1쇄　2022년 5월 18일

지은이　장재인

발행인　유철상
기획·편집　정유진
디자인　주인지, 노세희
마케팅　조종삼, 윤소담
콘텐츠　강한나

펴낸곳　상상출판
출판등록　2009년 9월 22일(제305-2010-02호)
주소　서울특별시 성동구 뚝섬로17가길 48, 성수에이원센터 1205호(성수동2가)
전화　02-963-9891(편집), 070-7727-6853(마케팅)
팩스　02-963-9892
전자우편　sangsang9892@gmail.com
홈페이지　www.esangsang.co.kr
블로그　blog.naver.com/sangsang_pub
인쇄　다라니
종이　㈜월드페이퍼

ISBN 979-11-6782-074-7 (03810)